제2회
소월시문학상 수상작품집

문학사상사

제2회 소월시문학상 수상작 선정 이유서

무릇 시란 구원한 생명력을 지닌 의미의 음악이다. 시 속에는 자질구레한 일상사에서부터 하늘과 바다, 온 우주까지가 모두 포괄되고 새로운 빛깔로 되살아나는 기적이 행해진다. 시인 송수권은 일찍 〈산문(山門)에 기대어〉 이하 여러 편의 작품으로 우리 시단에 등장한 분이다. 위로 그는 시의 무궁한 생명력을 작품에 담고자 노력해 왔으며 아래로 언어의 감각적 사용이라든가 형태, 구조의 개혁에 힘써 오늘에 이른다. 어느 때고 멋진 뜻, 아름다운 가락을 창출해 내는 시의 제작자에게는 월계관의 영예가 돌아가야 한다. 이에 우리는 제2회 〈소월시문학상〉의 영예를 그에게 드리는 바이다.

1988년 9월
소월시문학상 선고위원회
박두진 · 구 상 · 김남조 · 김용직 · 이어령

견실한 시적 개성을 위해

박 두 진(朴斗鎭)

다섯 명으로 구성된 심사 위원 각기의 의견과 판정을
합리적으로 반영하기 위해, 수상자 선정 방법을 무기명
투표에 의하기로 했다.

수상 추천 후보 열한 명 중 상위권 대상자 상당수의 작
품 수준과 그 시적 업적이, 분명하게 우열을 가리기 어려
울 만큼 막상막하였다.

1차 투표에서 세 명, 2차 투표에서 두 명으로 압축되었
고, 3차 결선에서 송수권 시인으로 결정을 보았다.

1년 단위로 연차적인 작품 실적이, 수상 대상 선정의
기준이 되기는 하지만, 〈소월시문학상〉은 상 설정의 정신
과 취지로 보아 단순한 작품상 이상의 '시인상'적 성격과
의미가 부여된 전통을 이어 가야 할 것이라 생각된다.

제2회 수상자 송수권 시인의, 보다 더 견실한 시적 개
성의 확립과 늠렬(凜烈)한 시 정신의 연마로, 앞으로의 시

세계의 심원·장대한 전개가 있기를 기대하며 당부하고
싶다.

형이상학적 관조력을 기대하며

.

구 상(具 常)

　정직히 말하면 나는 이번에도 단일 결선 투표에서 당선자 이외의 후보를 적어 넣었었다. 그렇다고 내가 송수권 시인의 수상에 이의(異議)가 있는 것은 물론 아니다. 아니, 그가 아니라 이번 후보로 추천된 시인 누가 받았더라도 부실(不實)하지 않을 이들이었다.

　더구나 송 시인과 나와는 그의 〈문공부신인상〉 수상 때 그를 선정한 인연도 있고 또 꾸준히 우애를 나누고 있는 사이인 데다, 지난 연말 내가 광주에 갔을 때 그의 아버님이 그의 시편(〈세상 읽기 · 1〉)에 나오는 대로 중환으로 계신 것을 직접 듣고 왔었기 때문에, 결정된 뒤 생각하니 이번 수상이 현실적 보탬도 되리라는 느낌이 들어 퍽이나 다행스럽게 여겨진다.

　오직 그의, 앞으로의 시작을 위하여 이번 후보작으로 내놓은 연작시 〈세상 읽기〉만에 대해서 한마디 덧붙인다면 그 심회(心懷)의 세계가 경험 위주기보다는, 좀더 존재 (사물)의 실재(實在)에 대한 치열한 인식의 추구에서 형이 상학적 관조력(觀照力)까지 갖춰 줬으면 하는 것이 나의 소견이다. 이런 점을 그의 연륜과 함께 앞으로의 작품에 기대하는 바다.

치열성과 개성

김 남 조(金南祚)

이번 〈소월시문학상〉 심사에 있어 미리 보내 온 열한 명의 작품을 정독한 결과 대부분이 역작이며 각기의 개성이 분명한 점을 인정할 수 있었다.

이 중에서 최종심에 오른 송수권 · 조정권 · 김승희, 세 분의 작품에 대하여 나 나름의 간략한 논평을 해본다면 다음과 같다.

우선 이들 세 사람은 시작(詩作)의 안이성(安易性)을 벗어나고 있어 노작(勞作)의 흔적을 역력히 살펴보게 했으며, 이의 신뢰감이 우위에 밀어 올려짐에 보탬되었다고 하겠다. 김승희의 〈달걀 속의 생(生)〉 등은 사물 투시의 강렬한 시선으로 바람직한 새 영역에 들어선 느낌마저를 자아내었다.

조정권의 경우는 차가운 해부도로 살을 째고 내부를 들여다보는 수법이라 하겠으며, 이러한 실험적 냉혹성을 그의 시 정신 수련이라 보려 한다. 철저히 이 과정을 거쳐 어떤 '풍요로운 온화'를 곁들인다면 그의 시는 더욱 더 커질 것이다.

　당선자 송수권은 다른 심사 위원들께서 집중적 언급이 있을 일이 예상되므로 오히려 생략하며, 다만 세 시인 중에서 맏형의 위(位)가 이번에 있어 온당했다고 믿는 바를 첨언하면서 그의 영광을 진심으로 축하한다.

시의 울림과 짜임새 문제

김 용 직 (金容稷)

　크게 보면 시에는 두 가지 유형이 있다. 하나는 비교적 쉽게 읽혀지는 가운데 가락이나 말의 울림을 가진 시다. 이들 시는 대개 관습이나 전통에 의거하는 속성이 강하다. 그러나 다른 한 유형의 시는 심상 제시에서 충격적인 면을 강조한다. 거기서는 사물과 사물 사이의 관계 설정이 아주 당돌하게 이루어진다. 그리고 그 언어의 폭력적 사용을 통해서 일종의 지적 섬광(閃光) 상태가 빚어지는 것이다.

　송수권의 시는 범박하게 보면 전자의 단면이 좀더 강하게 나타나는 경우다. 그의 많은 작품은 우선 우리가 읊조리기에 편하도록 되어 있다. 그리고 그가 택하는 말이나 문체, 형태 등도 대개 우리에게 익숙한 것들이다. 그러나 이 말이 곧 그의 시를 기성 체제에 안주하는 유형의 것으로 판정케 하는 것은 아니다.

아파트 열쇠 없이도/그대 내 불타는 가슴 열어 볼 수 있을까/홈드레스 나들이할 수 있는 자가용 없이도/그대 내 속마음 열어 볼 수 있을까/내 사는 지상은 바람 불면/흔들리는 아파트 한 채/허공중에 줄을 친 거미의 연민이여/작고 공허한 가슴 두근대며/입 근처의 촉수를 현란한 빛깔로 내뿜고/긴 다리 한없이 치장하여/이따금 상현달 바라보며 한숨짓는다.

본래 우리 자신의 속마음, 또한 감정의 어떤 상태와 아파트·자가용·거미와는 아무런 상관 관계가 없다. 아무리 통괄적으로 보아도 하나는 인간의 정신 세계의 범주에 속한다. 그런데 다른 하나는 물질 또는 물리적 차원에 속하는 것이다. 그러나 송수권의 작품에서 이들 두 다른 범주에 속하는 것들은 하나의 문맥 속에 포괄된다. 이것은 송수권의 시가 언어의 폭력적 사용과 그를 통한 지적 섬광을 빚어 내는 데도 상당히 기능적임을 뜻한다.

단 그 자체에 좋은 자질을 지녔으면서도 송수권의 시에는 난점 같은 것도 섞여 있는 듯 보인다. 좋은 의미에서 그의 말들은 아주 소박한 데가 있다. 그런데 이따금 그 소박성이 어색한 문장을 만들어 내는 수가 있는 것이다. 이것은 옥돌에 섞인 모래 같은 것이라고 보겠다. 이번 일을 계기로 그는 더욱 정진해야 할 것이다. 그리하여 한 시대를 집약시킨 가운데 우리 민족 문학사에 거연하게 솟아오르는 봉우리가 되어 주기를 촉망, 기대한다.

지푸라기 감성

이 어 령(李御寧)

　우리가 도작 문화권(稻作文化圈)에 속해 있다는 것을 모르는 사람들은 아마 없을 것이다. 그러나 먹는 쌀만 생각했지 그것을 털고 남은 볏짚과 함께 생활해 온 문화에 대해서는 모두들 까마득히 잊고 살아가는 것 같다. 시골에 가도 이젠 지푸라기로 해 이은 초가 지붕을 볼 수가 없고 도시에서는 쌀가게에 가도 가마니를 구할 수 없게 되었으니 누굴 탓할 일이 아니다.

　그런데 이 잃어버린 지푸라기 감성을 일깨워 주고 있는 시인이 바로 송수권이다. 우선 그가 소재로 삼고 있는 시의 언어들은 거칠면서도 부드러운 짚의 감성을 보여 주고 있다. '밥 투정'이라든가 '딸꾹질'이라든가 '쏙독새'라는 남도 사투리, 혹은 돌무지 같은 건조한 말일지라도 그의 시를 읽다 보면 꼭 볏단 속에 몸을 감추고 겨울 추위 속에서 볕바라기를 하던 그 따스했던 감촉과 혼혼한 기억이 되살아 난다. 그 부드러움과 따스함은 솜에서 느끼는 그런 감성과는 다른 것이다. 그것은 거칠고 뻣뻣한 질감 속에서 빚어지는 이른바 '반대의 일치'라는 양의성을 지닌 부드러움이라 할 수 있다.

가령 송수권으로서의 비교적 서구적인 감성에 속한다고 볼 수 있는 〈가을 편지〉에서도 우리는 금세 지푸라기의 감성을 맛볼 수 있다. 그는 가을 저녁의 노을을 '천사의 월경보다도 고웁게 얼질렀구나'라고 노래하고 있기 때문이다.

때로는 사설을 길게 길게 늘어놓는 그의 시 형태 역시 영락없는 머슴방에서의 새끼 꼬기다. 지푸라기와 지푸라기를 꼬아서 무한히 이어 가는 새끼줄의 연쇄성은 구슬 꿰기의 구성과는 아주 대조적인 것이다. 〈우리 나라의 숲과 새들〉의 구성은 조금도 이은 곳이 보이질 않는다. 사계절이 숲의 변화와 철새·텃새들이 서로 꼬여져 한 가닥으로 흐르는 감성의 연속체를 만들어 내고 있기 때문이다.

송수권의 어느 시에서도 우리는 손바닥에 침을 퉤퉤 뱉어 가며 재빨리 새끼를 꼬아 가는 그 머슴방의 솜씨를 느낄 수가 있다. 그래서 그의 시는 짚방석이나 멍석, 혹은 짚신과 같은 고공품(藁工品)에서 느끼는 푹신한 안도감을 준다.

그래서 이따금 오늘날의 현실에 대하여 매몰찬 저항과 비판적인 목소리를 높일 때가 있어도 결코 송수권의 시는 깨어진 사금파리와 같은 것이 되지 않는다. 짚은 충격을 흡수한다. 그리고 습기와 추위를 막는다. 지푸라기에는 공기가 들어 있기 때문이다.

섬유질이 많은 그 의미를 싸고 도는 텅 빈 공기 구멍, 이것이 송수권의 매력이고 희망인 것이다.

차 례

심사평

대상 수상작

송수권

추천 우수작

강은고

김용택

이동순

이성복

이승훈

정호승

조정권

최하림

대상 수상작

송수권

우리 나라의 숲과 새들 외

1940년 전남 고흥 출생
서라벌예대 문창과 졸업
1975년 《문학사상》을 통해 등단
1988년 〈우리 나라의 숲과 새들〉로 소월시문학상 수상
시집 《산문에 기대어》·《꿈꾸는 섬》·《아도(啞陶)》
《우리 나라 풀 이름 외기》 등

우리 나라의 숲과 새들

나는 사랑합니다 우리 나라의 숲을, 늪 속에 가라앉은
숲이 아니라
맑은 신운(神韻)이 도는 계곡의 숲을, 사계(四季)가 분명
한 그 숲을
철새 가면 철새 오고 그보다 숲을 뭉개고 사는 그 텃새를
더 사랑합니다. 까치가 울면 반가운 손님이 오신다든가
뱁새가
작아도 알만 잘 낳는다든가 하는 그 숲에서 생겨난 숲의
요정의 말까지를 사랑합니다

나는 사랑합니다, 소쩍새가 소탱소탱 울면 흉년이 온다
든가
솥짝솥짝 울면 솥 작다든가 하는 그 흉년과 풍년 사이
온도계의 눈금 같은 말까지를, 다 우리들의 타고난 운명
을 극복하는
말로다 사랑합니다, 술이 깬 아침은 맑은 국물에 동동
떠오르는
동치미에서 싹독싹독 도마질하는 아내의 흰 손이 보입
니다, 그 흰 손이
우리 나라 무덤을 이루고, 동치미 국물 속에선 바야흐로
쑥독쑥독
쑥독새가 우는 아침입니다

나는 사랑합니다, 햇솜 같은 구름도 이 봄날 아침 숲길에서
　　생겨나고, 가을이면 갈꽃처럼 쓸립니다, 그보다는 광릉 같은 데,
　　먼 숲길쯤 나가 보면 하얗게 죽은 나무들을 목관 악기처럼 두들기는
　　딱따구리 저 혼자 즐겁습니다

　　나는 사랑합니다, 텃새, 잡새, 들새, 산새 살아 넘치는
　　우리 나라의 숲을, 그 숲을 베개 삼아 찌르륵 울다 만 찌르레기새도
　　우리 설움 밥 투정하는 막내딸년 선잠 속 딸꾹질로 떠오르고
　　밤새도록 물레를 감는 삐거덕, 삐거덕, 물레새 울음 구슬픈
　　우리 나라의 숲길을 더욱 사랑합니다.

---

* 쑥독새 : 표준어는 쏙독새

향피리

나는 언제부턴가 먼 할아버지 적 일로 향피리 하나를
지녔습니다. 울음을 바가지로 떠내는 단소가 아니라
노상 할아버지 사랑방에서 들려 오던 부드러운
피리 소리입니다. 이 향피리가 어떤 날 밤은 아직
수줍은 미소가 뒷머리태를 가리던 어머니 주무시는
베갯모에까지 스며들어 자잘한 꽃망울을 마구 퍼뜨리던
즐거움을 기억합니다. 꿈결같이 꿈결같이 늘어진 능수
버들
잎잎이 안 가는 데 없이 잘 피어 가던 봄날의 즐거운
햇빛을 기억합니다. 그러고는 언젠가는 나도 우리 집
가금(家禽) 한 마리 그 봄날 언덕 버들숲에
깃들이라는 생각……그런 꿈으로다 나는 엽때
서정시를 써오고 향피리를 불어 왔습니다.
그러나 내 서툰 가락 이제는 아무도 귀기울여 주지 않습
니다.
가금 한 마리도 깃들이지 않습니다. 향피리는 봄이
제격인데 나는 봄날에도 뻐꾸기가 우는 줄 알았습니다.
산속은 뻐꾸기지만 버들숲은 꾀꼬리니라……
왜 진작 이 말씀을 못 깨달았을까요. 이제 나의
향피리에도 봄 기운이 들면 나는 향피리 다시 고쳐 불겠
습니다.

징검다리

햇빛은 산과 들에 부드럽게 빛나고
물결은 풀어져 물방아는 쿵쿵
바둑이가 든 그림책 한 권을 잘도 넘기고 갔다
바둑이 대신 어머니는 자꾸 나를 부르시고……
지금도 물방앗간 앞을 가로지른 서른 몇 채의
어느 징검돌 위에 서서
나의 다릿심을 풀어 내느라
어머니는 손을 내밀고 서서 나를 부른다
아마 그때가 입학하던 첫날이었을 게다
물방아도 봄이 되자 더 힘을 내어 돌고
내 이웃의 소녀들처럼 뒷머리채를 흔들어대며
징검돌들은 흐젓이도 물 속에 처박혔었다
낄낄낄 웃음 소리를 내고 도령아 이(李) 도령아
내 뒷머리채 못 밟아 준 것도 죄(罪)지……
이 날은 해가 꼴딱 지도록 어머니와 그 짓을 되풀이하여
내 다릿심이 반남아 풀리는 것을 보았다
팔짝, 팔짝, 쿵, 쿵, 물방아는 돌고 세월은 가고……
어른이 된 지금에도 아주아주 슬픔에 발을 적시어
내가 영 일어서지 못하는 날은
조약돌 몇 개로 물낯바닥을 마구 흐려 놓고
어머니는 그 돌들 위에 서서 나를 부른다.

죽부인(竹夫人)

나의 소시적 어느 날이던가
집 안에 먹물 같은 정적의 고요 가득하였다
마당에선 지네 발로 크던 감나무 그림자가 자꾸 졸아
들고
가위눌려 잠을 깨면 나는 오금을 펴지 못하였다
어머니 젖꼭지를 문 채 서답돌 귀퉁이에 반달 같은
서러운 꿈을 묻었나 보다
무서움에 한참을 떨며 발목까지 오줌은 흘러가고
사랑채의 쪽문을 열고 가면
할아버지는 노상 대청마루에서
베개 삼아 죽부인(竹夫人)을 끼고 누워 내가 꾸다 둔 서
운한 그리움에
젖고 있었다
죽부인(竹夫人)의 가슴팍을 더듬으며 참 어중간한
손장난을 하고 있었다
나는 그 뙤약볕 정적 속에서 키들키들
웃지 않을 수가 없었는데
지금 생각하니, 사람이 아무리 철들고
논어 · 맹자를 읽어 가도
그 무엇을 더듬는 은근한 손버릇 하나는
긴 봄날에 한 사발의 냉수물에 목을 축이듯
또는 서귀포에 와서 내가 귤 하나를

덕지덕지 손때 묻혀
영 놓지 못하고 가듯이
……평생을 참 그럴 거라는 것이다.

어중간한 다섯 살 때처럼

나의 다섯 살 때는
어머니의 젖꼭지를 놓아 버리기도 뭣하고
놓아 버리지 않기에도 뭣하고……
참 어중간한 때였다

그것은 꽃씨가 땅에 떨어져
움트는 일이나 같았을까
아직은 그 움이 겉껍질 모자를 쓰고
뚤래뚤래 세상을 한 바퀴 굴러 보는
그런 일이나 같았을까

아니라면,
하루나 이틀 천지 사방에
찬란한 햇빛은 흘러 넘치어
그 모자를 가만히 땅에 벗어 놓는
일이나 같았을까

애기야 해지것다……
젖꼭지를 물고 있는 봄 한나절
내 머리 속의 하얀 서캐를 털어 내며 어머니가
해를 부르면
해를 부르면

그 설운 음성에 이젠 놓아 버릴까
꿈속에서도 사립쪽 떠드는 동무들 생각이 나고……

아, 나의 어중간한 다섯 살 때처럼
이승의 댓돌 하나를 골라
푸짐한 햇살을 널어 놓고
40대의 어중간한 등을 두들기며
서귀포 앞바다는 지금 내 앞에서
이렇게 칭얼거리고 있다

따뜻한 손

한 방울의 물이
신선한 우유가 되고
황홀한 독(毒)이 되듯이
며칠째 서귀포에 오는 눈 속에서
밀감들이 익고 있는 것을 보았다
그것은 어느 따뜻한 손이
한밤중에도 길을 내어 주는
등불과도 같은
우리들의 사랑이라는 것을 알았다

서귀포에 한
천년쯤 오는 눈이
키 큰 삼나무 숲 하나를 적시고 적시어
뿌리째 흔들어 놓는 것을 보았다
부드러움은 결코 차거움이 아니라
따뜻함이며 그것은 스며들고 스며들어
끝없이 포옹하는 일이라는 것을 알았다

한라산 가까운 데서는
비자림의 숲이 무너지는 소리를 자주 들었는데
처음 정방폭포에 섰을 때
바다로 가벼운 물방울들이 풀어지는

아름다운 그 소리와 같았다
그것은 또한 산굼부리의 분화구 침묵을
산갈대들의 몸놀림이 조금씩 풀어 내는
원시(原始)의 생음악과도 같았다

부드러움 하나가 지우고 가는
아름다운 모습들 앞에서
나는 서귀포의 따뜻한 눈이 되고
물방울들이 되고
삼나무 숲과 저 비자림의 숲을 무너뜨리는
부드러운 힘이 되어
소정방(小正房)의 찻집 벽난로 앞에서
고독한 얼굴을
불꽃 그림자에 묻으며
이 세상 한없이 젖은 손들을 그리워하였다.

정든 땅 정든 언덕 위에

낯선 곳 낯선 풍경을 지치도록 달리다 보면
예 살던 징검돌 하나라도 이리도 마음에 맺히는 거
물방아는 처릉처릉 하얀 물잎새를 쳐내고
달맞이꽃이 환한 밤길은
솔솔 어디선가 박가분 냄새가 코를 미었다
나는 지금 남부 이탈리아 롬바르디 평원을 달리며
이 평원을 다 준다 해도
내 편히 쉴 곳 없음을 안다
베르디가 노래한 아침 태양도
내 가슴을 적셔 내리지 못한다
어디에선가 거대한 성곽에서 종이 울리고
진군의 나팔 소리 따라
천국이 하늘 위에 있다고 일러주지만
아무래도 내 깃들일 수 있는 곳은
이 대평원이 아니라 대숲 마을을 빠져 나온 저녁 연기
들이
낮게 낮게 깔리는 그러한 들판이었다
시냇물이 좔좔 흐르고 몇 개의 징검돌이 놓이고
벌떡벌떡 살아 뜀뛰는 어린 날처럼
물방개라도 만나 보고 싶은 곳이다
이틀이나 사흘쯤 낯선 곳 낯선 풍경을 달리다 보면
이리도 흙 냄새 그리운 거

징검돌 하나라도 이리 마음속에 떠오르는 거
아아 문둥이 장돌뱅이처럼 내 가슴에 닳아지는 얼굴들
지금쯤 흙담집 앞 뒤란을 캄캄하게 겨울 눈이 내리고
햇빛이 맑은 아침나절은 앞마당
참새 발자국도 깝죽거리겠다
구석진 골목길 왕거무가 집을 짓다 말고
따뜻이 등을 기대이겠다
멀리 보리밭 들판을 청둥오리 떼 날아 내리고
보리싹 밀싹 파먹느라
또 남녘 벌 끝 시끄럽겠다.

봄 소식

세밑 꽃 소식보다 우리를 들뜨게 하는 것은 없다
한라산의 눈송이가 향전매의 독한 향기를 퍼뜨리더니
정방폭포로 가는 길목의 해묵은 버찌나무들이
어느새 흰구름에 가렸다
다산 초당이 썩어 가는 귤동마을까지 구강포 바닷물은
길게 들어와 부풀고
돛배 한 척이 꿈 같은 세월을 풀고 간다
여기서부터 반도의 봄은 완연하다
살구꽃이 물든 마을 초입 진흙 옷자락 펄럭이며
신행길을 나서는 신혼 부부의 웃음 끝이 정답고
무등산 기슭 벚꽃놀이 속에서 어느새 엿장수의 가위질
소리 한창이다
천안 삼거리라 흥, 능수버들도 잎잎이 고른 날,
어린이 대공원 낯설은 공간에서 또 느닷없이 한
얼굴을 만난다
비스킷을 주워 먹으려고 하늘에서 긴 목이 내려올 때
수치심의 본능 앞에 나는 당황한다
타조여, 하늘 꼭대기에 가 있는 얼굴 이 봄은 마약보다
쓰겁구나
우수 경칩이 지나면 대동강 물도 풀린다 핏발 선
너의 두 눈알을 할퀴고 다시 녹슨 철조망
철모의 그물 속에 꽂힌 진달래의 꽃망울에서

이제 우리 봄은 더는 갈 수 없다
참호 속 병사는 잠들었나 보다.

신륵사의 봄

신륵사 뒤쪽 산길엔 무릇꽃들이 고왔다
보리밭 너머 자꾸만 산꿩이 울고
나는 언덕길을 오르다 무릇을 캐었다.

웃을 때마다 눈 언저리 코 언저리 속눈썹까지
산골 물살 새로 밀리듯이 잔주름 물살 쳐
볼우물 깊숙이 패이던 후루꼬

나는 무릇을 캐어 뒷머리채도 곱게
앞이마도 훤하게 쌍갈래 댕기 머리 땋아
풀각시 쪽을 지었다.

하루꼬야, 슬프지 않니?
으응, 슬프지 않아 난,
니 각시 될 텐데 뭘,
아버진 어데 가고?
으응, 만주에서 죽었어
그래서, 엄마와 나만 왔어.

옳지 여기 깨어진 기왓장도 보이는구나
우리 둘이 거울처럼 닦아서 얼굴 비추던
풀꽃 반죽 이겨 서러우면 봄 하늘 베고 누워

잠들었던 기왓장
아 신륵사의 기왓장

저렇게 산꿩이 우는데
하루꼬야, 지금 넌 배고프잖니?

연비(燃臂)

　목어(木魚)가 울 때마다 물고기들의 싱싱한 비늘이 떨어
지고
　운판(雲板)이 자지러질 때마다 날짐승들마저 숨죽이며
날았다
　어떤 침묵 하나가 이 세상을 여행 와서 더 큰 침묵 하
나를
　데리고 그림자처럼 지난다
　문득 희나리의 불꽃 더미 속에서 조실(祖室) 스님의 흰
팔뚝
　하나가 불쑥 떠올라 왔다. 그 흰 팔뚝에서 아롱진
　연비 몇 방울이 생살로 타면서
　얼음에 갇힌 꽃잎처럼 나의 감각을 흔들었다.

　사람이 죽으면 하늘로 가 구름 되고 비가 되어
　칠칠한 숲을 기르는 물이 되고 햇빛 되는 걸까
　그 후, 나는 고개를 꺾으며 못된 습에 걸려
　무심히 핀 들꽃, 날아가는 새에서도
　조실의 흰 팔뚝을 떠올리며 어린애처럼 자주 길을 잃고
　헛기침 끝에 온몸을 떨었다.
　아니다, 아니다, 조실은 가지 않았다
　어떤 믿음의 확신 하나가 이 세상에 다시 와서
　나는 참으로 몹쓸 병을 꿈에서도 앓았다,

눈보라치는 섣달 겨울 어느 날, 그의 방문을 열다가
평상시와 다름없이 웃목에 놓인 매화분의 등그럭에서
빨간 꽃망울 몇 개가 벌고 있음을 보았다.
뜨거운 연비 몇 방울이 바야흐로 겨울 하늘에서 녹아
흘러
꽃들은 피고 있었다.

---

* 연비 : 불교에서 수행자들이 계를 받고 나서 팔뚝에 불을 놓아 문신처럼 내
　　　는 의식 또는 그 자국
* 희나리 : 덜 마른 장작

나의 삶

어느 날 소년의 손이
물 위에 놓아 준 조약돌 하나
반짝 흰 이를 드러내고
한 순간을 돌아보며 웃는 눈웃음
나의 삶도 그렇게 가는 것일까
온몸 떨어 경련 일으키며
동그만 어깨로 수면 가득히
그려 내는 꽃 한 송이.

즐거운 선문답(禪門答)
— 상훈(尙勳)에게 (1987. 1. 17)

1

국사암엔 한 마리 아무기가 살아
담황색 다섯 꽃잎 보리수나무 되어
산 하나를 잘 먹여 바람소리 놓아 기르고

그의 집 문 앞, 천이백 년 묵은
느티나무 잎사귀들도 더는 깨칠 것이 없어
이젠 때탄 바람과도 함께 잘 논다

그래, 잊어버려라 잊어버려……

2

오늘 늙은 아버지가 먼 길을 왔다.
먼 길을 걸어서 왔다, 세상 괴로운 짐
잔뜩 짊어지고 서서 겨울바람처럼 설친다

오백 나한 줄을 선 맨 끝 줄에 앉아 그는
바윗돌처럼 끄덕도 않는데, 나를 끌어
내리려면
절 삼배쯤 예를 갖추고 올라오라

대갈일성인데
아버지도 그만 허허 웃음 반 눈물 반
괴로운 짐 벗어 놓고 갔다

아이고마 문딩이
멋은 멋이로다.

보기에 아심찮던지 잠자던 숲들
불러 모아 바람소리 내게 하여

아부지 문듸 아부지 문듸……숲길을 따라가며
동구 밖을 내려서자, 잘 가이소 그만, 하고
그 바람소리 흔적도 없이 도로 불러들여
숲을 잠재워 버린다.

                    3

머리빡,
그 털들은 어쩼노?
내가 할말이 없어 물으면
늬사, 정말 몬나서 묻나?
이 골짜기 숲들이 다 내 머리털

손 털, 발 털, 겨드랑이 털, 배꼽 털 아이가.
그래, 맞다 늬 말, 깜짝 놀라 돌아보니
그도 웃고 겨울 숲도 한참 웃다 보니
나도 웃었다, 그래 내 서 있는 자리
나도 웃었다, 그래 내 서 있는 자리
이 자리, 나도 망연자실해서 이제 그만
웃기라요, 하면

그는 서슴없이 입에 손나발을 모아
극. 락. 당. 처.

아이고마 문딩이
멋은 멋이로다.

4

한 번은 펄펄 뛰는 세상 비린내 묻혀
차를 몰았다, 시속 130㎞ 내가 엄살 떠니,
아이고마 문듸, 칵 그만 돼져 뿌리라. 내가
모남,
고속 도로가 차를 몰제
검문 검색 끝에,

내사 끄마, 이 자리 칵 죽어 묻혀 뿌리모, 내
목에 찬
염주 알 열매 싹이 터서, 담황색 다섯 꽃잎
보리수나무 되고, 염주 알 몇 섬 훌릴 꺼그만,
한 천년쯤 이 땅은 부처님 양식 걱정 없어
좋을 끼그마.
검문 검색도 웃고 허드러진 섬진강 물도 따라
웃었다.

아이고마 문딩이
멋은 멋이로다.

다산 초당에서

가야금은 어디 손구락으로만 울린다더냐
엄지발구락으로도 삐걱이는 대청마루
벽에 걸어 둔 까치선을 내리기엔
아직 철이 이른가 보다
여기는 구강포의 귤동마을 다산 초당(茶山草堂)
고현(古賢)이 갔던 어진 선비의 길을 따라
내 마음도 천 이랑 만 이랑 연초록 물굽이 실려 왔다
유월이 송홧가루 날리는 뿌연 바닷길 따라왔다
오늘은 다소곳이 엎디어 받는 설록차 한잔
어디 전생의 미륵불만이 따로 있다더냐
나도 반쯤은 등 굽은 어깨의 선
겨드랑이 간지르며 솔바람 절로 인다
이 빠진 찻잔에 산뻐꾸기 울음 실실이 넘쳐
피 뱉듯 피 뱉듯 뜰 앞에 영산홍은 불이 탄다

군산항

2월달 군산항 내리는
눈발 속에서는 염소가 운다

한 집 건너 두 집
또 두 집 건너 한 집……
영락없는 왜식 지붕 위에
오늘은 염소가 운다

골목골목 금강의 검은 탁류가 밀려들고
주식취인소 성결 교회당 늙은 미두장이 옷소매 끝에
구멍 뚫린 채만식의 중절모
그 옛날 푸줏간 식칼 위에도
눈이 내린다.

서남 평야가 넘어진다
거북표 검정 고무신들이 쫓겨가며 운다.
눈을 들면 쭉쭉 뻗어 나가는 전군 가도
눈발 속을 달려오는 군국주의 트럭들……
그 배 터지도록 넘치던 쌀 가마니들 위에
오늘은 눈이 내린다

지금 군산항은 이 잔재의 소리 씻어 내며

속죄양처럼 누워 눈을 맞는다

한 집 건너 두 집
또 두 집 건너 한 집……
영락없는 왜식 지붕 위에

2월달 군산항에 오면
참말로 내시(內侍) 같은 내시 같은
염소 울음 소리가 들린다.

수레바퀴 자국

우리 무엇이 되어 다시 만나랴—樹話

우리 방학이 오면 외갓집에 가자
하늘의 푸른 별자리 옮기러 가자
모깃불을 올리고 멍석을 깔고
밀팥죽 쑤어 먹고 나면
먹물 속 전설처럼 깔려 오는
푸른 하늘 별자리 보러 가자

날 새도록 얘기 한 대목씩 풀어 내던
외할머니 부채바람 따라가자
하늘의 거인, 큰곰 작은곰 형제가
나란히 손잡고 나와 개밥별을 핥고
수레바퀴 자국 성큼성큼 길을 내는
우리는 밀림 속 도둑괭이처럼 울부짖으며
그 큰 수레 발자국 따라가 보자

가을 운문사

이승 바다의 물은 써고 조금때
이 세상 어느 가는 길목 위에는
수백 켤레의 이렇게도 깨끗한 신발들
갈매기 먼 울음에 목이 마르다

딱, 딱, 딱, 죽비 소리 한낮의 정적이 깨이고
강원 앞뜰에 내리는 가을 햇살들
어디서 왔는지 저승 차사 같은 나비 한 마리
숨죽이며 그 흰 신발 위를 날고 있다

아, 우리네 철 늦은 목련꽃밭이나 되던가
여기는 비구니들 꽃처럼 피는 운문사
이 세상 젖은 신발들 털어 말리는 곳
내 삭은 신발 한 짝 그 위 고이 포개다

제주도(濟州道)

마파람이 우리들의 지붕을 더 튼튼히 얽는다
하루의 휴식까지도 노동에 바치며
파도가 부풀며 높아질 때도 젖 빨리는 아이들은
구럭 안에서 자기 몫의 햇빛을 깔고 누워
빨리빨리 잠이 든다
바다 밑 용문잠 같은 전복을 더 많이 따라고
지금 죽어 가는 노인도 더 빨리 죽는다
아우야 너는 이 뜻 알겠느냐

네 자랐던 산남(山南) 땅 예리고 마을
4 · 3 폭동 때는 어린이와 여자들만의 마을로
국민반 반장도 우리는 그 웃마을에서
돌하르방 하나를 꾸어 왔더란다
아우야 오늘도 마약 같은 안개가 다시 부풀고
흐린 바다는 수평선을 놓아 주지 않는구나
아우야 너는 이 뜻 알겠느냐

저 유도화와 마주수(馬珠樹) 떼의 여름을 지나
이제 또 겨울이 오면
우리들의 무서운 잠과 하루를 최저로 살아
쌓아 온 목숨들, 그중의 몇 날은
저 관목 지대에까지 나가 묘지를 깔고 누워 잠들리라

결코 묘지 안에서조차 잠들 수 없는 눈썹
썩으세요, 빨리 썩으세요 어머니
그 뻣세디 뻣센 말 끝으로
갈옷에 뚝뚝 지는 핏물 자국
아우야 너는 이 뜻 알겠느냐

아우야 오랜 슬픔으로 짝짝거리며 오는
저 물의 껌 씹는 계집애들 앞에서
백 원짜리 관광으로 우리는 쉽게 길들여지는
조랑말이 아니란다
그보다는 우리들의 들먹숨 저 노오란
유채꽃밭들의 대군단(大軍團)이 막을 내리고
어느 날 수평선은 느닷없이 모밀밭 고랑을 달려 나와
우리를 놀라게 했을 때
가파도의 끝 이어도를 넘어가던
네 삼촌의 뱃머리를 찾는 일이란다
사시장철 소금밭에 쓰러서 우는 갈매기
그 갈매기를 따라가는 일이란다

아우야 사랑하는 아우야
외지에 나가서 공부를 하고 온 네 형도 믿을 건 못 된다
그 어느 곳에도 길은 바다에 이어지고

우리는 바다 쪽에 귀를 묻는 일이란다
죽을 때도 만조 때
바다에서 구럭을 메고 오는 어머니가 당도하기 전에
빨리 죽어 가는 일이란다
비탈길에 말똥이 피듯이
다공질(多孔質)의 돌담에
빗물이 빨리빨리 날아가 버리듯이.

아가(雅歌)

눈눈눈……눈이 창 밖에 설치는 날은 불현듯 보고 싶다 가고 없는 꿈, 그대 생각, 눈 이어 산을 지우고 강을 지우고 들을 지우고 이 세상 다 지운다 해도 내 가슴속, 오래된 무덤 하나 결코 지울 순 없으리, 밤이 깊을수록 생각은 물에 젖은 별처럼 빛나고 나는 크놀프가 되어 사랑한다 사랑한다 그것이 이 세상 마지막 말이 아닐지라도 그대 사는 집 이슥한 불빛 창을 찾아 아픈 발자국 끌며 나는 밤새도록 긴 눈발 속을 갔노라

오 순결함이여
한 사람만을 사랑하였고
한 사람만을 찾아
나는 헤매었노라

사랑한다는 말
이 말 한마디는
그대 벌써 죽어
무덤 속에 잠들었다는 말.

까치노을

까치야 한국의 산까치야
해맑은 목청 구슬리며
자작나무 위에서 까작거려쌓는
배가 희연 우리 산까치야

네가 울면 귀빠진 장독대
울 어매 떠놓은 정화수
또 하늘은 몇 번이나 새파랗게
얼어 터지겠네
은하수 하얀 강물은 몇 번이나
새로 서겠네
남북 강산 막힌 설움
저편 강 언덕 견우는 소 먹이고
직녀는 강 건너 또 베를 짜겠네

까치야 한국의 산까치야
배가 희연 우리 산까치야
네 울음 산메아리 여울지면
근친 온 딸년 보듯
장롱 속 내 편지 몇 번이나 꺼내 놓고
울 엄니 또 까치노을 보고 울겠네

까치야 까치야 아침 산까치야
칠월 칠석날은 캄캄한 은하수 가에 날아올라
그 냇물 노둣돌 다리 놓고 오느라
네 머리 허옇게 벗겨져 내린
우리 산까치야

멀지 않아 첫눈 오고
고향 집 담장머리 파놓은
네 시린 발자국 보고
울 엄니 또 눈물 글썽이겄네
정화숫물 새로 얼어 터지겄네

창(窓)

시(詩)를 쓰다 한밤중 시(詩)를 쓰다
절벽에 나가떨어진 밤은
소리 없이 창에 와서 박히는 별들
육신은 잦아들고 혼령만 별빛을 타고 나가
너울너울 우주에 춤을 춘다
아 그것은 내 영원한 눈빛
화살보다 빠르게 별들을 스쳐
금성 토성 목성 명왕성을 스쳐 해에게까지 나가
나의 날개는 까맣게 타서 돌아온다
어린 날 우리는 먹지를 하늘에 대고 불개가 되어
얼마나 뜨거운 해를 삼켰던가
해를 삼키고 누워서 얼마나 뜨거운 모래의
사막을 꿈꾸었던가
낙타처럼 홀로 서서 시(詩)를 쓰다 지친 밤은
나는 몇 번이나 말을 잃고 창을 닦는다
창은 닦는 사람의 마음만큼 순결한 것
소녀가 꿈꾸는 첫사랑의 이별보다 달콤한 것
나의 창이여, 어느 언덕에서 흔들던 손수건처럼
지금은 돌아와 온 우주를 꿈꾸는
너는 그 자체로서 한송이 성숙한 꽃인 것.

가을 편지

여기저기 마른 잎들이 시든다
추위 타는 것은 우리들 영혼뿐이 아니다
공원 벤치에서 내려다보면 강 줄기도 하얗게 시들고
그대 동그란 어깨 위로
오래 보지 못한 새들처럼 낙엽이 내린다
숙희, 이런 날 오후엔 걷고 싶지 않느냐
너의 눈동자 잔잔히 들여다보면
흐느끼는 풀벌레 울음 자욱히 떠서
마지막 식어 가는 저녁 해 그림자가 뒷담벽에
천사의 월경보다 곱게 엎질러졌구나
어디서 성당의 종소리 울린다
흑단(黑檀) 위에 검은 사제가 촛불을 켤 무렵
너는 걷고 싶지 않으냐
조용한 강가 촉촉히 젖은 모래의 감촉
일렬 횡대로 줄을 서 가는 기러기 떼를 전별하고
밤늦은 도시의 불빛을 서둘러 강 마을을 지나오면
이제 긴 밤을 우리도 이불을 펼 때다

돌무지
— 1984년의 비망록

이것은 그녀 낭창하던 허리
묻힌 무덤이다

사변 때 소식 없고
새벽 달빛 밟으며 한 사내 껴안고
앞뒤 자운영꽃밭 마구 망쳐 놓고
둠벙에 몸을 날려
끓는 피 아직도 식지 않은

이것은 그녀 낭창하던 허리
묻힌 무덤이다.

아내여, 빚에 몰려
이 세상 밖 내 숨을 곳 없었던 날은
새벽 달빛 차고 와

그녀 허리 한번 껴안고 싶었던 날이 있었다.

방울꽃 웃음

방울꽃 웃음은 죽은 누이의 속눈썹에 피는 웃음 같고
볼우물에 조금 패여 모이는 웃음 같고 조금씩 웃는
웃음 같고 즐거워도 말하지 않는 웃음 같고 슬퍼도
말하지 않는 웃음 같고 조금씩 웃는 웃음 같고
우는 눈물 끝에 보이는 웃음 같고 웃는 웃음 끝에도
눈물 끝이 조금 삐쳐 나온 웃음 같고 그런 웃음 같고
더러는 옷고름에 눈물 방울 져서 방울방울 새로 짓던
웃음 같고 연꽃술에 괴어 흐르는 바람같이
괴어 흐르기만 하는 웃음 같고

달 2

어제는 부슬부슬 김포공항에 비가 내리는데
먼 일가뻘 되는 친척이 로스엔젤레스행
여객기에 몸을 실었다
시보를 알리는 공항 스피커는 요란히 떠들고
지금 가면 언제 올래 일가족은 말이 없다.

트랩을 밟으며 그들은 마지막 하늘을
휘휘 둘러보고는
고향 마을 호롱불이 잠기듯
까만 뒤통수가 하나 둘 잠겨 갔다

어제는 꿈 같은 하루 그들을 보내고
서울서 고속 버스로 다섯 시간
미류나무가 서 있는 서낭당 고갯길을 넘으며
구둣발로 황토흙을 짓밟아도 보고
이까짓 땅, 언 땅
바람 타고 풀풀 민들레 씨나 되어 살란다
내가 공연히 흥분해서
황혼 설핏 울음 속에 뜨는 달을 보았다.

발자욱

무슨 이야기가 생각나지 않는다
이 엄청난 자연 앞에서는
허연 이를 드러낸 파도 소리와
끈끈한 바람과 햇살만으로
그녀는 부드러운 머리칼을
온 전신을 풀어 흘리고
자연의 일부가 되어 미쳐 간다
그리고 몇 해 전에 한 소녀가
이 바닷가를 떠돌다 죽어 갔다는 그물 깁는
어부의 이야기 소리밖에는

수평선 저쪽에 쉴새없이 흰 구름장이 날고
태풍이 오고 무서운 해일의 밤이 오고
정말 우리는 이 바닷가에서 죽어 봤으면
하는 것이다.

이제 이후 오래도록 어떤 밤이 오고
무서운 태풍이 와도
우리가 새기고 간 두 줄의 하얀 모래 발자욱
아무도 지울 수 없고
아무도 뜨겁게 그처럼 사랑하지는
못할 것이다.

동백꽃

서귀포 시인 김광협이네
한겨울에 장꽝에 동백꽃이 내리더라

우리들의 어머니 옹이 진 손 흙삽 끝에서
또 동백꽃 몇 송이는 벌더라

양파밭의 저녁놀

아직도 한라의 눈은 녹을 기척도 없는데
저무는 산간 놀이 떠서 꿈과 같다
빌레밭 양파 움으로만 모이는 저녁 햇살들
꽈, 다, 꽝 말끝마다 사투리를 한밭 널어 놓고
지심을 매어 나가는 돌항망들 곁에
잠시 가던 길 멈추고 적막한 슬픔에 젖는다
성읍 민속촌에 들러 물구덕을 지고 와 물허벅에다 물을
퍼붓는
비바리를 찾았지만
갈모에 도롱이 쓴 하르방과 그 손녀딸쯤 되는
적삼에 유방을 드러내고 미끈한 다리에까지
화장을 한 마네킹이 플래시 불빛 속으로 파고들었을 때
나는 도시의 뒷골목 어느 술집의 휘파람 소리에 끌려
내 첫사랑의 동정을 잃었던 그때와 같았었다
몇 번이나 양치질을 하고 몇 번이나 거시기를 씻어 내
리고
낄낄거리고 화들짝 떠들고 웃고
아 그 불빛, 그 휘파람 소리가 아닌 이렇게도 생경한 저
녁놀……
봄서, 어디 감수광……
내가 알아들을 수 있는 단 한마디
나는 갈매기처럼 양손을 저어 흙 위에서

나는 시늉을 했다
싱그러운 양파밭의 저녁 햇살과
호미 끝에 잘려 나가는 서러운 서러운 풀 내음들과
호롱불빛에 저무는 먼 먼 마을들……
아직 솥 단지 안의 식지 않을
내 밥그릇과 국그릇을 향하여
나는 강한 플래시의 불빛을 흙 속에 묻었다.

세상 읽기 1

이 세상 무너지지 않을 것이 무너지고 있다
이 세상 오지 않아야 할 것이 오고 있다
때로는 얼어서 아름다운 것이 있다
여름내 시궁 노릇밖에 못하는 저 웅덩이가
이 겨울 얼어서 아름답다
두꺼운 얼음장 밑으로 초록 불을 켜는 미나리들
이따금 얼음 깨지는 소리가 햇빛에서도 드러난다
이 겨울 정작 얼어야 할 것이 얼지 않고 있다
고통 속에 가야 할 것이 가지 않고 있다
이 겨울 죄 없는 나의 아버지만 암을 앓다 간다.

세상 읽기 2

아파트 열쇠 없이도
그대 내 불타는 가슴 열어 볼 수 있을까
홈드레스 나들이할 수 있는 자가용 없이도
그대 내 속마음 열어 볼 수 있을까
내 사는 지상은 바람 불면
흔들리는 아파트 한 채
허공중에 줄을 친 거미의 연민이여
작고 공허한 가슴 두근대며
입 근처의 촉수를 현란한 빛깔로 내뿜고
긴 다리 한없이 치장하여
이따금 상현달 바라보며 한숨짓는다
저 여름날 땡볕 속 고추잠자리 같은
헬리콥터 한 대 잡아
은실 뜨게질로 포장하여 그대 앞에 들고 가리라
그대 불타는 내 가슴 열어 볼 수 있을까.

추천 우수작

강은교

모래가 바위에게 외

1946년 서울 출생
연세대 대학원 국문과 졸업
1968년 《사상계》를 통해 등단
제2회 한국문학작가상 수상
시집 《허무집》·《풀잎》·《빈자일기》
《소리집》·《바람노래》 등

모래가 바위에게

우리는 언제나 젖어 있다네.
어둠과 거품과 슬픔으로
하염없는 빛 하염없는 기쁨으로
모든 세포와 세포의 사잇길을 지나
폭풍의 날개 속으로 스며든다네.
한낮에도 가만가만 스며든다네.

길 막히면 길 만든다네.
바람 막히면 바람 부른다네.
세계의 수억 싸움 속에
세계의 수억 죽음 속에
낮은 지붕 위란 지붕 위
썩은 살이란 살 위

넘치고 넘쳐서
우리는 꿈을 꾼다네.
금빛 바위가 되는 꿈을 꾼다네.

당신의 손

당신이 내게 손을 내미네
당신의 손은 물결처럼 가벼우네.

당신의 손이 나를 짚어 보네.
흐린 구름 앉아 있는
이마의 구석구석과
안개 뭉개뭉개 흐르는
가슴의 잿빛 사슬들과
언제나 어둠의 젖꼭지 빨아대는
입술의 검은 온도를.

당신의 손은 물결처럼 가볍지만
당신의 손은 산맥처럼 무거우네.
당신의 손은 겨울처럼 차겁지만
당신의 손은 여름처럼 뜨거우네.

당신의 손이 길을 만지니
누워 있는 길이 일어서는 길이 되네.
당신이 슬픔의 살을 만지니
머뭇대는 슬픔의 살이 기쁨의 살이 되네.

아, 당신이 죽음을 만지니

천지에 일어서는 뿌리들의 뼈.

당신이 내게 손을 내미네
물결처럼 가벼운 손을 내미네
산맥처럼 무거운 손을 내미네.

거리 시(詩)
―햇빛과 고양이와 갈비뼈, 참새가 있는 풍경

쌀가게 앞 그늘에 고양이 한 마리가 노끈에 매인 채 나와 앉아 있습니다. 쌀가게 옆집은 푸줏간, 푸줏간 옆집은 담뱃가게, 담뱃가게 옆집은 연탄가게……푸줏간 앞에는 잿빛 둥그런 나무토막 한 개가 있습니다. 그 위에 주홍빛 갈비뼈들이 보석처럼 번쩍이고 있습니다.

웃통을 벗은 한 사내가 도끼를 흔들며 푸줏간에서 나와 갈비뼈들을 헤쳐 세고 있습니다. 하나 둘 셋……그늘 속에서 고양이가 눈을 크게 뜹니다. 도약의 자세를 취하고 길 한켠을 노려봅니다.

참새 세 마리 깡충깡충 고양이의 그늘 앞으로 다가갑니다. 일순 바람이 불고 거리는 고요해졌습니다. 고양이도 갈비뼈도 참새도 사라졌습니다. 햇빛만이 화살처럼 내려와 꽂히며, 거리에는 군데군데 핏물이 흥건히 고이고 있었습니다.

거리 시(詩)
—리어카가 있는 저녁 시장 하늘 풍경

앉은뱅이 남녀가 시궁창을 벌리고 노래부른다. 출렁출렁 구정물이 저문 하늘을 떠밀고 간다. 살대가 몇 개 부러진 리어카에는 빗, 칫솔, 쥐약, 좀약들의 빽빽한 합창.

보세요, 헝클어진 당신의 머리칼을
보세요, 누우런 당신의 이빨을
보세요, 좀먹은 당신의 새옷을
저문 하늘이 언제나 우리를 보듯
보세요.

우리들의 집은 쥐 천지
쥐는 더러운 것, 비굴한 생명
당신처럼 아무도 보지 않는 곳을
보이지 않게 드나듭니다.

시궁창에서 낡은 깃발이 휘날린다. 하늘의 어깨 밑으로 둥실둥실 리어카가 떠간다. 당신의 살은 왜 그리 해졌는지, 당신의 심장은 왜 그리 삐꺽이는지, 구정물이 일찍 뜬 별을 떠밀고 간다. 저문 하늘을 이고, 피 잔뜩 묻은 하늘을 이고.

사랑의 기쁨

나는 한때 합창단원이었네
노을 지는 저녁 창가에서
마티니의 〈사랑의 기쁨〉을 배웠네.
실은 슬픔을 표현해야 한다는
그 가락의 기쁨을 힘써 외우며
노을 속에 내 목소리가 떨어져
검은 피아노를 울리는 것을
가슴 흔들어 들었네.
내 꿈이 노을의 붉은 눈을 지나
지붕 너머로 달리는 것을
보았네, 아 캄캄한 눈썹으로도 보았네.

그러나 한 20년 간
나는 노래를 부르지 않았어.
그 동안 나는
내 목소리를 잠재웠지.

지금 내 목소리는
비명밖에 지르지 못한다.
혹은 혼자 중얼거릴 뿐
혹은 네, 네, 낮게 낮게 복종할 뿐
사랑의 슬픔에 젖어 흘러.

매일 저녁 붉은 노을 지는 속에.

시의 방문(訪問)

햇빛이 바람 사이로 떨어지던 날, 절룩거리며 그가 내게 다가와 말했다. "내 얼굴을 그려 보게." 나는 지울 수 없는 잉크의 만년필과 깊숙이 감춰 둔 백지를 꺼내 조심조심 동그라미 하나를 그리기 시작했다. 햇빛과 바람 냄새와 별빛……묻어 있는 동그라미를. 그는 고개를 절레절레 흔들며 가버렸다. 뼈 속으로 한없이 찬 비가 흘렀다. 한없이 안개가 일어서고 일어서고 하였다.

우릉우릉 마른번개가 오고 있던 날, 목쉰 소리로 그가 내게 다시 와 말했다. "내 얼굴을 그려 보게." 나는 서랍에서 지우개와 연필을 꺼내 누런 연습지 위에 그의 머리카락을 그리기 시작했다. 폭풍과 분노와 역사와 시대의……흩날리는 머리카락을. 그는 등나무 같은 두 팔로 내가 그린 머리카락을 흔들며 가버렸다. 뼈 속으로 한없이 찬 비가 흘렀다. 안개가 일어서고 일어서고 하였다.

어둠이 그 입을 크게 벌리며 오던 날, 그가 내게 다시 와 말했다. "내 얼굴을 그려 보게." 나는 붉은 색연필을 꺼내 원고지 위에 그의 눈을 그리기 시작했다. 모래와 돌과 눈물과 시간…… 알 수 없이 깊은 푸른 그의 눈을. "아니야, 아니야." 그는 폭풍의 입을 벌리며 소리쳤다. 그리고 가버렸다. 뼈 속으로 한없이 찬 비가, 찬 바람이 흘렀다. 안개가, 무덤들이 일어서고 일어서고 하였다.

　그의 얼굴도 아닌 것이, 내 얼굴도 아닌 것이 어둠 속
에 떨어져 누운 날 영원한 우리의 배반의 날.

푸른 하늘

푸른 하늘에
첨 보는 새들이 날아가네

(날아가는 새들에겐 아마도 집이 없네)

집 없는 새들이
집을 찾아서 날아가네

(구름이 집이라 가리키는 손도 있지만……)

날아가네
첨 보는 새들이 푸른 하늘에

어디에도 있는
어디에도 있는

그대 편히 쉴 집을 찾아서

추천 우수작

김광규

___

하얀 비둘기 외

1941년 서울 출생
서울대 및 동 대학원 독문과 졸업
1975년 《문학과 지성》을 통해 등단
제5회 오늘의작가상 및 제4회 김수영문학상 수상
시집 《우리를 적시는 마지막 꿈》
《아니다 그렇지 않다》·《크낙산의 마음》 등

하얀 비둘기

애초에 비둘기를 기를 생각은 전혀 없었다.

다만 비 오는 날 떼지어 날아다니는 비둘기가 몹시 축축하게 보여서, 구멍이 네 개 달린 비둘기 집을 만들어 예쁘게 페인트 칠을 한 다음, 옥상 창문 위에 달아 주었을 뿐이다.

그러나 사람의 마음 아랑곳없이 비둘기는 한 마리도 이곳에 날아들지 않았다.

십 년이 지나도록 마찬가지였다.

그 동안 비바람에 시달려 비둘기 집은 칠이 벗겨지고 나무가 썩어서 보기 흉하게 되었다. 차라리 떼어 버리는 것이 나을 듯싶었다.

그런데 며칠 전에 마당을 쓸다가 보니 하얀 비둘기 두 마리가 그 속에 앉아 있지 않은가.

우리 비둘기 집은 다 낡아 버린 뒤에야 비로소 비둘기의 마음에 들었나 보다.

비둘기의 그 조그만 가슴속에 다른 하늘과 다른 땅이 있고, 그 가는 핏줄 속에 다른 물이 흐르고 다른 바람이 불고 있음을 나는 십 년 동안이나 몰랐던 셈이다.

흐린 날

태어나기 전에는
몸이 없어서
어떻게 할 수 없었다
가까스로 몸을 얻어
세상에 태어나자
나도 모르게
이름이 정해졌다
주어진 이름을 지니고
살아 온 반평생
이제는 아무런 기대도 없이
태연하게 견딜 수 있으니
귀찮은 이름 떼어 버리고
무거운 몸을 떠나
가쁜하게 날아오르고 싶다
그림자 없는 바람이 되어
비 맞지 않는 넋으로
가뭇없이 떠돌고 싶다

ㅂ씨에게

한 사람을 믿고
그 사람을 썼기 때문에
당신은 스스로 목숨을 끊게 되었다
인연이란 무엇이며
피를 나누어 마시면 무슨 소용인가
배반의 뒤에는 언제나
믿었던 사람이 있다
한 사람을 알고
그 사람을 믿는다는 것은
결코 살아생전에 할 일이 못 된다
어린 시절부터 가깝게 사귀고
죽을 때까지 함께 살아 보았다면
혹시 한 사람을 알 수 있을까
진실로 한 사람을 믿고
그 사람을 쓴다는 것은
죽은 다음에나 할 수 있는 일이다

작은 꽃들

사방에서 터져 올라간 최루탄 가스
마침내 하늘의 코를 찔렀나 보다
때아닌 태풍에 비바람 휘몰아쳐
탐스런 목련꽃들 모조리 떨어뜨리고
새로 심은 가로수 뿌리째 뽑아 놓고
서울 빌딩 간판까지 날려 버렸다
갓 피어난 작은 꽃들 애처롭게
몽땅 떨어졌을 줄 알았는데
철 늦은 꽃샘바람 지나간 뒤
길가의 개나리 눈부시게 노랗고
언덕 위의 진달래 활짝 피었다
빗속에 떨던 조그만 꽃이파리들
바람에 시달리던 가녀린 꽃줄기들
떨어져 나간 간판 버팀쇠보다
오히려 굳세게 봄을 지키고 있구나

언제까지 도대체 언제까지

얼굴을 잘 보아 두고
목소리를 기억해 두는 것이 좋다
그리고 입을 다물고 있어라
정말이든 거짓말이든
아무 말도 해서는 안 된다
너의 말을 들은 자들은
감동이나 연민을 느끼는 대신
들은 말의 꼬투리를 캐고
너를 되잡아 칠 것이다
어떤 물음이 나오더라도
대답하지 마라
입 밖으로 한번 나간 말은 모두
오랏줄이 되어 너의 몸을 묶고
물이 되어 너의 코와 입으로
다시 들어갈 것이다
아무리 억울한 사람이라도
도와 주려고 하지 마라
아무리 정직하고 싶어도
고백이나 자백을 하지 마라
그저 모르는 척하고
가만히 있는 것이 좋다
―하지만 언제까지

도대체 언제까지

당신의 나무

봄이 와도 당신은 꽃씨를 뿌리지 않는다. 어린 나무를 옮겨 심지 않는다.

철 따라 물을 주고, 살충제를 뿌리고, 가지를 쳐주고, 밑둥을 싸맬 필요도 없다.

이미 커다랗게 자란 장미, 목련, 무궁화, 화양목, 주목, 벽오동, 산수유, 영산홍, 청단풍, 등나무, 모과나무, 앵두나무, 감나무, 대추나무, 살구나무, 잣나무, 은행나무, 가이즈카향나무, 겹벚나무, 사철나무, 자귀나무, 대나무, 플라타너스, 느티나무, 소나무, 눈향나무, 박태기나무들을 사들이면 되기 때문이다.

거대한 정원을 가득 채운 저 수많은 관상수들을 당신은 모두 나무라고 부른다.

당신은 참으로 많은 나무를 가지고 있다. 단 한 그루의 나무 이름조차 모르면서도.

그날 4

낮에는 놋그릇을 공출당했다
옛날부터 써온 제기들이었다
저녁때는 누나가 병원에 가고
아버지와 어머니도 따라갔다
나는 혼자서 집을 지켰다
공습 경보가 불어대고
탐조등 광선이 하늘을 누볐다
또 비이십구가 뜬 모양이었다
일본은 곧 망한다는 소문이었다
배가 고팠다
무죽을 먹고 나면 금방
배가 고파졌다
캄캄한 툇마루 밑으로
족제비들이 찍찍거리며 달음질치던
그날 밤에 조카가 태어났고
학병으로 끌려간 큰형은
만중의 어느 벌판에서 쓰러졌다

추천 우수작

김승희

길이 없는 길 위에서 외

1952년 전남 광주 출생
서강대 대학원 국문과 졸업
1973년 《경향신문》 신춘문예 당선으로 등단
시집 《왼손을 위한 협주곡》·《태양미사》
《미완성을 위한 연가》 등

길이 없는 길 위에서

역촌동→상도동 구간을 오늘도 내일도 달리는
저 시내 버스는
어쩌면 나보다 더 행복한 것인지도 모른다
승객들이 오르고 나면
재빨리 문이 닫히고
시간이 없다고 갈 길이 멀다고
오늘도 내일도
의심 없이 그 길을 달려가는
저 노선 버스는
나보다 더 고뇌가 없는 씩씩한
길을 가진 것이라 해도 좋다

매일매일
떠나야 할 분명한 시점과 닿아야 할 분명한
종점을 가진 것이
부럽다 해도
난 벌써 서른다섯 살.
아스팔트 위를 먼지와 함께 불어 가는
가을바람
처럼
그 바람에 흩어져 날아가는
어제 저녁의 구겨진 신문지 조각

처럼
나에겐 떠나야 할 곳도 닿아야 할 곳도
언제나처럼 분명치가 않다는 느낌이다

행복한 길을 가지기 위하여
행복한 사람이 되어야 할까.
행복한 사람이 되기 위하여
행복한 길을 가져야 할까
나는 아직도 아마 모른다.
다만 아침저녁으로 종점에서 닿고
떠나는
행복한 시내 버스들을 바라다보며
다만 나에겐 길이 없다는 절망과
길을 원하는 갈증이
우울증같이 멀미같이
환상의 외침이 되어 다가든다는 것뿐이다

밥과 잠과 그리고 사랑

오늘도 밥을 먹었습니다.
빈곤한 밥상이긴 하지만
하루 세 끼를.
오늘도 잠을 잤습니다.
지렁이처럼 게으른
하루 온종일의 잠을.
그리고 사랑도 생각했습니다.
어느덧 식은 숭늉처럼 미지근해져 버린
그런 서운한
사랑을.

인생이
삶이
사랑이
이렇게 서운하게 달아나는 것이
못내 쓸쓸해져서
치약 튜브를 마지막까지 힘껏 짜서
이빨을 닦아 보고
그리고 목욕탕 거울 앞에
우두커니 서서 바라봅니다.

자신이 가을처럼 느껴집니다.

참을 수 없이 허전한
가을 사랑
하나로.

그래도 우리는 밥을 먹고
잠을 자고
영원의 색인을 찾듯이
사랑하는 사람 그 마음의 제목을 찾아
절망의 목차를 한 장 한 장
넘겨 보아야
할
따름이
아닌가요.

달걀 속의 생(生) 1

우리는 꿈꾸지,
삶을 위하여
좀더 강해졌으면 하고,
보다 견고한 집을 짓고 싶고
더욱 안전한 껍질을 원하네,
마치 몰락이 없이
차갑게 버티고 있는
벽처럼
진짜로 강해질 수 있다면,
우리는 스스로 철교처럼
결코 폭파될 수 없는
어떤 희망을 구하지,
전혀 희망이 없이

그리고 또한 우린 알고 있어,
우주에 내버려진
하나의 달걀
과도 같이
그대와 나는
어둠 속에 둥둥 떠 있는
버림받은 허술한 알〔卵〕이라는 것을,
수문이 열리면

제목도 없이 무너져 내리는
저녁 물결 속에 고요히 으깨지는
조그만 수포
그리도 꿈같은 고통

하얀 달걀이 하나
뜨거운 물 속에서 펄펄 끓고 있네,
찐 달걀 속에선 어떤 부화의 깃도
돋아 나질 않아,
무섭도록 고요한 침묵들의 비명,
(달걀 꾸러미 속에 얌전히 누워 있는
하얀 찐 계란들의 꽉찬 평화)
무섭게 달궈진 프라이팬 위에서
성녀처럼 와들와들 해체되는
스크램블드 에그,
어떤 꿈도 그 고통을 구할 순 없지

우주에 둥둥 떠돌고 있는 독방
처럼
헐벗고, 외로운,
달걀 속에서
우린 한 번밖에 없는 자신의 삶을

꾸리고 있네,
뿌리가 없어 무엇보다도 뿌리가 없어 슬프지만
이름없는 운동
뒤에
하얀 결말,
모든 달걀은 와삭와삭 깨어져
무참히 와해되고 말지만
그 안에 방이 있어
방이 하나 있어
내 얼굴을 닮은 조그만 양초 하나가
고요히 빛을 뿌리며 타오르고 있지,
눈물과 함께
입술 연지로
환한 미소를 은은히 뿌리면서

시계풀의 편지 1

푸른 것은 늘 아름답다.

멍은 푸르다.

그러므로 멍은 아름답다.

그러니까 멍든 것은 늘 아름답다.

시계풀의 편지 2

이 땅 위에 나는
무기 징역으로 서 있습니다.
이 땅 위에 누가 나를
무기 징역으로 심었습니까.

지울 수 없는 꿈처럼
무기 징역으로 뜨는 별.
잊을 수 없는 욕망처럼
무기 징역으로 헤매는 바람.

이 땅 위에 나는
앉은뱅이 사랑.
네거 필름처럼 검고 어두운 뿌리
하나의 자유를 가졌습니다.

고통이여,
그대와 나는 부부가 되고 싶습니다.
이러한 그대와 나이기에
산다는 것은 자꾸만 범죄의 욕망을
닮아 가지 않습니까.

시계풀의 편지 3

세상에서 제일 큰 것은 하늘이라고
말한 사람은 누구일까.
그는 얼마나 철이 없었을까.
그는 얼마나 아름다웠을까.

어떤 사람에겐 하늘이 액자만하다는 것을
액자보다 더 작은 하늘이
있다는 것을
그는 몰랐을까.
그는 정말 몰랐을까.

상처 안에 또 하나의 상처.
그 안에 골목 같은 상처. 그 안에
창살만한 상처.
그 아래 몽고반점만한 사랑.

하늘이 푸른 것은 아직도 꿈꾸는
사람이 있기 때문이라고
말한 사람은 누구일까.
그는 얼마나 철이 없었을까.
그는 얼마나 아름다웠을까.

어떤 하늘은 때때로 몽고반점처럼
푸르르고
죽고 싶도록 멍든 사람들이
멍든 빛깔로만
사랑을 칠하고 있는
살고 싶도록 푸르른 하늘.

하늘이 푸르른 것은
그런 멍든 사람들이
하늘을 등지고
푸른 언덕 위에 가슴을 대고
아아 가만가만
자신의 파아란 상처를 울고 있기 때문이 아닐까.

시계풀의 편지 4

사랑이여.

나는 그대의 하얀 손발에 박힌
못을 빼주고 싶다.
그러나

못 박힌 사람은 못 박힌 사람에게로
갈 수가 없다.

추천 우수작

김용택

흉 년 외

1948년 전북 임실 출생

순창 농림고 졸업

1982년 창작과비평사의 《21인 신작 시집》으로 등단

제6회 김수영문학상 수상

시집 《섬진강》·《맑은 날》 등

흉년

곧 쓰러질 것 같은
저 남산 응달 초가 앞을 지나다 들킨
저녁밥 냄새.

봄이 그냥 지나요

올 봄에도
당신 마음 여기 와 있어요
여기 이렇게 내 다니는 길가에 꽃을 피어나니
내 마음도 지금쯤
당신 발길 닿고 눈길 가는 데 꽃 피어날 거예요
생각해 보면 마음이 서로 곁에 가 있으니
서로 외롭지 않을 것 같아도
우린 서로
꽃 보면 쓸쓸하고
달 보면 외롭고
저 산 저 새 울면
밤새워 뒤채어요
마음이 가게 되면 몸이 가게 되고
마음이 안 가드래도
몸이 가게 되면 마음도 따라가는데
마음만 서로에게 가서
꽃 피어나 그대인 듯 꽃 본다지만
나오는 한숨은 어쩔 수 없어요
당신도 꽃산 하나 갖고 있고
나도 꽃산 하나 갖고 있지만
그 꽃산 철조망 두른 채
꽃 피었다가

꽃잎만 떨어져 짓밟히며
이 봄이 그냥 지나고 있어요.

당신 가고 봄이 와서

바라보는 곳마다 꽃이요 잎입니다
피는 꽃 피는 잎잎이 다
그리운 당신입니다
당신은 죽어
우리 가슴을 때려 울려
이렇게 꽃 피우고 잎 피웁니다
꽃 피고 잎 피면
이리 괴로운 것은
괴로움만큼이나
훗날 서로 눈물 닦아 줄 기쁜 날이
이 세상에 있다는 것이겠지요
당신 죽어 재로 뿌려져
시퍼런 강물에 흐를 때
우리 얼굴에 하염없이 흐르는 눈물을
서로 바라보며
우리 가슴 깊은 데
당신 모습 고이고이 심었었지요
당신 모습에 찬바람 찬 서리 지나고
봄이 와
이렇게 꽃 피고 잎 피는 것 기뻐요
또 그런 겨울이 몇 번 지나고
가슴마다 당신 모습 꽃으로 피어나 기쁠

우리들이 기다리는 봄이 오면
우리 가슴속에서
당신은 꽃으로 걸어 나와
우리랑 저기 저 피는 꽃들이랑 함께
봄 햇빛 내리는
저기 저 빛나는 남산에 꽃들 사람들 모두 올라
꽃산 이루겠지요

저것 보세요
보는 곳마다, 걷는 곳마다
저렇게 걷잡을 수 없이
만발하는 꽃과 잎들
누가 다 막고
우리 눈 누가 다 가리겠어요

어린 꽃산

저 남산에 해 찾아 들고
봄이 왔네.
저기 저 남산 산그늘 속
하얀 서리밭 길
꽃다발 한아름 보듬어 안고
어린 꽃산 하나 걸어 나와
고운 해 아래 서네.
아주 작은 산그늘 끌고
아장아장 걸어
논길을 따라 빈 마을로 오네.
저기 저 어린 꽃산
우리 민세.

워매, 속탄 것

워매, 닐씨 한번 환장허게 좋네
날이 날마다 이렇게 날이 좋아불면
저기 저 남산에 봄바람 살랑 불어불도
저기 저 남산에 꽃 펴불것는디
저기 저 남산에 꽃 펴불며는
바작바작 타는 잔디 같은 내 가슴
봄 불 확 붙어 활활 타것는디
워매, 속탄 것
워매, 속 뜨건 것
저기 저 남산에
봄바람 불똥말똥 허고
요내 가슴에는
불이 일 듯 말 듯허니
워매, 속탄 것
워매, 속 뜨건 것

나비야 꽃산 가자

꽃 피고 새 우는 봄날
우리 민세 할매 따라
저 강 처음 건넜네
민세 뒤 따라 아장아장 걷다가 주저앉아
풀꽃 뜯어 할매 부르면
할매 돌아서서
꽃 받아 들었다가 민세 도로 주네
꽃 주고받으며
밭에 들면
민세 어깨까지
보리밭 속에 묻히네
할매는 앞서 보리밭에
키 큰 풀 뽑아 들고
민세 장다리꽃 꺾어 들고
할매 뒤 따를 때
노랑나비 흰나비 꽃 따라가네

민세 넘어졌네
보리 넘어졌네
저기 저 남산 꽃산 넘어졌네
나비 날아 저 산 꽃 찾아가고
민세 할매

민세야 민세야 민세 찾네.

강

오늘도 어디나 해는 지고
어두운데
길 하나 자욱하게 내려와 놓인 길 끝에서 만난
저물어 어둑한 강물이여
내 언제나 배고픔으로
어둠을 쪄다 부려도
거들떠보지도 않고 흐르는 강물이여
내 가장 캄캄한 데서
이룬 꽃을 받으소서
적막하게 받아
캄캄하게 버리소서
그렇게 흘러간 내 사랑이
저물고 저물어 다시
저 산굽이 돌아와
한 차례 피고
한 차례 지며 이루는
내 꽃을 띄우는 강물이여
저물어도 저물어도 저물지 않고
배고파도 배고파도
빌어먹지 않는 허기로
어둠을 집어 먹으며
하얀 꽃을 이고 있는

내 야윈 몸을 흔들어
어둠 속에다 지우고
다시 굵게 하소서
내 언제나 더 굵고
더 배고파하며
그대 앞에
이 세상 어둠을 져다 부리겠습니다.

추천 우수작

이동순

대구 수창 국민학교 외

1950년 경북 상좌원 출생
경북대 국문과 졸업
1953년 《동아일보》 신춘문예 당선으로 등단
1986년 제5회 신동엽창작기금 받음
시집 《개밥풀》·《물의 노래》
《지금 그리운 사람은》·《맨드라미의 하늘》 등

대구 수창 국민학교(大邱壽昌國民學校)
―사변둥이의 1950년대

일찌기 군대가 주둔하던 학교가 있었다

아침이면 살얼음 밟고
일찍부터 발동기 돌아가는 인교동 방앗간 앞을 지나
공향이 북쪽인 동무의 어머니가 떡 장사하는 달성시장
을 지나
날이면 날마다 부서진 군용 트럭을 뜯어 내는 서성로
깡통골목을 지나
머리 헝클어진 누나들 서성이던 자갈 마당 뒷길을 지나
역전 해방골목 마루보시 부근에서
혹은 낡은 목조 바라크 전매청 관사에서
담배 찌는 독한 냄새에 진작 익숙해진 아이들이
꾸역꾸역 몰려드는 학교가 있었다

더운 국물 퍼 담는 운동장 가녘의 국군을 바라보며
교실의 우리들이 최군칠 교장 선생님께
누더기 입고 늘 굶기만 한다는 북한 어린이의 생활을
방송 조회로 듣는 동안
창 밖엔 싸락눈이 푸슬푸슬 뿌리었다.
그 후 우린 자라서 뿔뿔이 흩어지고
어쩌다 예비군 훈련장에서 만나는 옛 동무들
이젠 주유소 사장이 된 녀석과

미군 부대 납품업자로 일하는 녀석과
보험 회사 영업 과장으로 뛴다는 녀석과
학교 선생이 되어 있는 안색이 누우런 녀석들이
서먹한 얼굴로 둘러앉아 도시락을 먹는다
그간 쌓인 말들이 퍽이나 많을 텐데도
모두들 묵묵히 밥알만 씹으며

포화에 으깨어진 백골이 아직도 솟구치는 땅 위를
귀를 멍멍히 해놓고 날아가는 신형 폭격기의 하늘을 쏘
아보며
넙치처럼 엎드려 숨죽이는 우리들

왜 같은 인간으로 태어나
살아갈 걱정이라곤 없는 나라가 있고
깊은 밤마다 핵 폭탄으로 여겨지는 수상한 물건들이
붉은 등 부라리며 줄지어 상륙하는
슬픈 나라가 있는가
대체 누가 이런 걸 보내는가

오, 밝은 대낮에도 서늘하게 서 있던 수창 국민학교
짙은 안개 속에서도 또랑또랑 책 읽는 소리
거침없이 들려 오던 대구 수창 국민학교

말더듬이 먹물

나는 먹물인가
무얼 가르치는 먹물인가
오늘도 거울 앞에서 넥타이 매듭 매만지며
두어 차례 헛기침을 돋군 다음
6·25 참전 용사 미망인회에서 만든
애국표 분필 한 갑을 손바닥에 감아 쥐고
다시 한 번 습관처럼 시계를 들여다본 후
강의실로 강의실로 돌진해 가는 먹물인가
썩은 사과탄을 무수히 맞고 들어와
연신 재채기 눈물 콧물 범벅이 된 저 학생들 앞에 서서
어떤 거부의 표시로 머리를 빡빡 깎았다는
저 우울한 학생들 앞에 서서
하나 하나 평범하게 이름들을 호명하며
오늘은 또 무얼 가르치려는 먹물인가
반쪽으로 갈라진 문학사와
식민지 시대의 굴절된 시인 작가를 해설하고
모더니즘과 리얼리즘의 전개 과정
로맨티시즘과 슈르레알리즘의 방법을 설명한 뒤
나는 짐짓 위엄 있게 목청을 높여
창가에서 졸음 조는 몇 학생을 일깨운 다음
다시금 자연주의와 예술 지상주의
이미지즘과 청록파를 이야기한 뒤

불안스럽게 뛰뚱뛰뚱 우리 나라의 해방 문단을
징검다리 건너가는 소경 걸음으로 건너가는데
문득 쎙 하고 날아와 귓전에 박히는 화살
정×용 김○림 이△악이 누구야요
권 ○ 임 □ 오×환 조○암 설△식은 또 누구지요
그들이 어떤 사람이길래 대체 어찌된 까닭으로
이름자도 제대로 못 찾고 있나요
음……그런……그건……말이다
나는 학생들 앞에서 말더듬이 먹물
후끈 달아오른 얼굴로 괜시리 창 밖을 보며
이마엔 땀방울 송글송글 맺혀 오는
어눌한 어눌한 말더듬이 먹물

사행풍우(士行風雨)

—무진년 벽두에 이 글귀를 보내어 주신 김성동 형에게

이 물구비에 얹혀
꼬박 몇 날을 헤매었던가
오늘은 자정도 가까운 섣달 그믐날
어로 작업등 깜빡이는 대화퇴 부근
저 혼자 흥분한 라디오에선
어둠 걷어 낸다는 제야의 종소리 들려 오지만
우린 여전히 꽉찬 어둠 속에서
무수한 정어리 떼의 발버둥과
온몸 부둥켜 물질하느라
이 깊은 밤을 콩죽땀으로 적시는데
지금 저 바다 동녘 끝에선
새벽이 어둠을 밀고 뛰어오리라
모진 풍랑 위에서
또 한 해를 덧없이 떠나 보내는 쓰라림을
한 사발 소주로 얼결에 지우고
또다시 골몰해 가는 바쁜 손놀림
이 길로 파도를 밟고 돌아간들
어찌 아랫목에 엉덩짝 편히 붙일 날 있으랴만
뱃사람은 역시 거친 바다 위에서
목청 쉬도록 떼고기 뒤쫓아 뛰어야만 사느니
무싯날에도 갯가에 나와 앉아
뒤에서 탁탁 소릴 내며 타오르는

장작불에 등을 쬐며
찢기운 그물코 더듬어 기워 가야 사느니

앵무가

내고 싶어도
제 마음의 소리를 이미 낼 수 없는
불쌍한 앵무새야
너는 이 밤도 우리들 앞에 나와
그것이 엄청난 흉계인 줄도 모르고
독수리의 발음을 줄줄 거침없이 외는구나
오, 불쌍한 앵무새야
지금 네가 입에 침을 튀기며 자랑해대는
그 공포의 신개발 무기가
혹시 너의 가슴을 겨누고 있는 건 아닌지
네가 줄곧 격앙된 목청으로
단숨에 무찔러야 한다는 그 적이
우리들 굳은 머리통과 달변의 혓바닥
네 가슴속 깊은 구석에 몰래 숨어 있지는 않은지
한번 곰곰히 생각해 본 적이 있니

산등성이에 하얗게 표시된 가상 목표물 위에서
무시무시한 불벼락이 작열하고
동원된 참관인들의 덧없는 박수 소리가
짝짝 퍼져 갈 때
혼자 낑낑 알을 낳던
개아미의 집들은 풍비박산

연둣빛 풀무치의 날개는 산산조각으로
찢기우고
피투성이 되어 무참하게 내팽개쳐진
어린 멧새의 주검들을
한 번만이라도 단 한 번만이라도 곰곰이
생각해 본 적이 있니

그것이 흉계인 줄도 모르고
이 밤도 우리들 앞에 말쑥하게 나와 앉아
독수리의 발음을 마냥 지줄대는
오, 불쌍한 앵무새야

모자 상봉

어머니
저예요, 그렇게도
속을 썩이던 제가 왔어요
엊그제 감옥에서 풀려 났어요
제 목소리 듣고
어머니께서는 하마 일어나
버선발로 무덤 밖을 달려 나오시는군요
이 몹쓸 자식의 절 받으러
가을 햇살 장글장글 내리쬐는
양지녘으로 나오시는군요
그런데 활짝 웃으시려던 당신의 얼굴이
급기야 우는 얼굴 되고야 마는 것은
어인 까닭이오니까
대체 어인 까닭이오니까
어머니

모녀 상봉

흰 고무신과
굽 높은 빨간 구두가
가지런히 놓여 있는
섬돌 위 작은 부엌방 장지문으론
부둥켜안고 흑흑 느껴 우는 모녀의 그림자가
흐린 불빛에 비치었다

갓 삶아 온
실타래 같은 국수를 먹는
어둑어둑한 대청마루
주막집 안방 낡은 장롱 거울에 비치는
어깨가 구부정한 노인의 눈자위도
한층 붉어 보였다

떨리는 붓으로
— '밀정열전'을 시작하며

육조 앞
너른 마당을
길군악 휘어잡고 지나가던
비단옷 속의 그 희디흰 살결만
어찌 역사이랴
늘 그늘진 비탈밭
혼자 농 쟁기로 흙 뒤엎어 가는
저 땀투성이의 새까만 얼굴들이야말로
가장 서슬 푸른 역사인 것을

만고 영웅도
주린 범의 앞잡이도
망국의 한과 유랑의 쓰라림
무릎 꿇린 채 안타까이 맞이하던 해방도
용맹한 투사, 밀정의 소근거림
혹은 매국노를 향해 내려꽂히던 자객의 비수도
이렇듯 쓰러져 누운 자리에 흙 반죽 되어
섬찟한 역사를 이루고 있는 것을

그 땅 위에 돋아 난
열매와 푸성귀를 먹고
하늘을 보매 여전히 무거운 잿빛

외풍에 찢기어
너덜너덜한 문창호를
다시 뜯어 내고 풀 바르자니
가슴엔 새삼 노여움 치밀어 오르는데
그럴수록 숨 가다듬고 차근차근
떨리는 붓으로 역사의 시를 쓴다.

추천 우수작

이성복

길 외

1952년 경북 상주 출생
서울대 및 동 대학원 불문과 졸업
1977년 《문학과지성》을 통해 등단
제2회 김수영문학상 수상
시집 《뒹구는 돌은 언제 잠깨는가》·《남해금산》 등

길

그대 내 앞에 가고
나는 그대 뒤에 서고

그대와 나의 길은 통곡이었네
그대와 나의 길은 통곡이었네

통곡이 너무 크면 입을 막고
그래도 너무 크면 귀를 막고

눈물이 우리 길을 지워 버렸네
눈물이 우리 길을 삼켜 버렸네

못다 간 우리 길은
멎어 버린 통곡이었네

이별

삼월이 오는 푸른 샛강에
그대를 보내며
우리는 말을 잊었습니다

잘 가라고……
잊을 수 없음을 알면서도
잊어야 한다고…… 잊어버리자고……

삼월이 오는 푸른 샛강에
그대의 뼈는 하얗게 뿌려집니다
높은 산 고사목(枯死木) 같이
우리는 하얗게 주저앉았습니다

편지

늘 멀리 있어 자주 뵙지 못하는 아쉬움 남습니다

간혹 지금 헤매는 길이 잘못 든 길이 아닐까 생각도 해
보고요

그러나 모든 것이 아득하게 있어 급한 마음엔 한 가닥
위안이 되기도 합니다

이젠 되도록 편지 안 드리겠습니다

눈 없는 겨울 어린 나무 곁에서 밭은 숨소리를 받으
며……

입술

　우리가 헤어진 지 오랜 후에도 내 입술은 당신의 입술을 잊지 않겠지요

　오랜 세월 귀먹고 눈멀어도 내 입술은 당신의 입술을 알아보겠지요

　입술은 그리워하기에 벌어져 있습니다 그리움이 끝날 때까지 닫히지 않습니다

　내 그리움이 크면 당신의 입술이 열리고 당신의 그리움이 크면 내 입술이 열립니다

　우리의 입술은 동시에 피고 지는 두 개의 꽃나무 같습니다

꽃피는 시절

당신을 맞거나 보내거나 저렇게 무한정 잎을 피워 올린 미류나무 밑둥처럼 저희는 쓸쓸합니다 당신이 저희 곁에 오시거던 무성한 잎새들을 바라보시기를……저희 사랑이 꽃필 때 저희 목숨은 시들고 수없이 열매들을 따낸 과일 나무처럼 저희 삶은 누추합니다 당신이 저희 곁을 떠나시 거던 저희를 닮은 비틀린 나무들을 지켜보시기를……어 두운 곳에서 옷을 벗다 들킨 여인처럼 저희 꿈은 자주 놀 란답니다 갑자기 끊긴 아이의 울음처럼 캄캄히 멎은 저희 기도를 기억하시기를……당신의 먼 길을 저희가 기억하 듯이, 기억하시기를

밤비

1

가라고 가라고 소리쳐 보냈더니
꺼이 꺼이 울며 가더니
한밤중 당신은 창가에 와서 웁니다

창가 후박나무 잎새를 치고
포석을 치고
담벼락을 치고 울더니

창을 열면 창턱을 뛰어넘어
온몸을 적십니다

2

머리맡에 계시는 것 같아 깨어 보면 바깥에 계십니다
창을 열고 내다보면 빗줄기 너머에 계십니다
　지금 빗줄기 사이로 달려가면 나 없는 사이 당신은 내
방에 들어와 뽀오얗게 한숨이나 짓다가
　흐트러진 옷가지랑, 이부자리랑 가지런히 매만지다가
　젖어 돌아오는 발소리에 귀기울이는 건가요

숲

1

바람 부는 숲의 상단에 몸겨눕는 숲이 있었습니다
몸 뒤집으며 떨어지던 새들, 못 볼 것을 본 것처럼 떠
나지 않고
몸부림치는 숲의 상단에 다시 떠나가는 숲이 있었습니다

오랜 세월 숲은 별다른 상처 없이 무성하였습니다
오랜 세월 숲은 세월의 무덤처럼 푸르렀습니다

2

한 차례 아우성이 끝나고
또 한 차례 아우성이 시작되면
숲은 고요히 전율하였습니다

고통은 언제나
새로운 고통이었습니다

한 차례 몸부림이 꺼지고
또 한 차례 몸부림이 거세지면
숲은 지워지고 고통의 형체만 남았습니다

숲이 고통을 떠났습니까
고통이 숲을 묻었습니까

이따금 정신이 들면 숲은
파리한 얼굴로 웃기도 하였습니다

3

아침엔 가는 비 뿌리고
젖은 날개로 돌아오는 새들도 있었습니다

그날 하루 아우성치던 숲은 아무것도 낳지 못했습니다
그 다음날도, 다음 다음날도 숲은 아무것도 낳지 못했습니다

바람이 자고 나면
숲은 왠지 부끄러운 듯이 그렇게 있었습니다

추천 우수작

이승훈

병든 도시 외

1942년 강원 춘천 출생
연세대 대학원 국문과 졸업
1962년 《현대문학》 추천으로 등단
1983년 현대문학상 수상
시집 《사물 A》·《환상의 다리》·《당신의 초상》
《사물들》·《당신의 방》 등

병든 도시

너를 간직하고
너를 삼키고
너를 생각하고
너를 반추하고
너를 반대한다
너를 반대한다
혹은 뱉고
혹은 빤다
병든 혀로
너를 빤다
추워서 빨고
황혼이니까
외로워서 빨고
말라깽이 시인이
너를 빤다
거미가 빨고
거미는 나야
내가 빤다
파르르 떠는
너를 빨고
너를 던져 버리고
오늘도 병든 내가

병든 너를 껴안는다
이 뻔뻔한 나라의
황혼의 복판에서
하나도 남지 않은
혹은 하나만 남은
해변을 생각한다
혹은 삼키고
혹은 뱉는다
×도 아닌
너를 필사적으로
웃으며 껴안는다
병든 내가!

절망의 기교다

사람들은 내가
무슨 생각을
하는지 모르지
무슨 생각이
무슨 생각인지 모르지
오늘도 모르지
내일도 모르지
내가 앉아도 모르지
내가 걸어가도 모르지
작은 고양이를 모르지
작은 고양이 속에
웅크리고 있는
나를 모르지
어느 날 활활 날 수
있다는 걸 모르지
숨도 크게 못 쉬고
잠만 자는 줄 알지
머리를 들면
벼락이 터질 텐데
머리를 들지 않는
이유를 모르지
사람들은 내가

주눅이 들었다고
이젠 끝장이라고
그렇게 믿겠지
사람들이 그렇게
믿을 걸 생각하면
갑자기 유쾌하다
갑자기 많은 돈이
생긴 것처럼
오늘이 유쾌하다
그래서 우울하고
그래서 기쁘다
절망의 기교다
무식한 놈들은
몰라도 돼!

밤의 태양

밤이 오고
태양이 오고
이번엔 다른
태양이 온다
나는 중얼댄다
나의 중얼댐은
밤의 태양 아래
스르르 녹는다
입이 녹고
코가 녹는다
밤이 녹는다
또 밤이 녹고
또 밤이 녹고
또 밤이 녹는다
나는 녹는 밤의
배꼽을 쥐고
밤의 태양 아래
손을 흔든다
내가 손을 흔들면
밤의 배꼽이 녹고
손이 녹고
발이 녹는다

내가 녹는다
내가 녹는다
나는 다시 중얼댄다
나의 중얼댐은 다시
밤의 태양 아래
스르르 녹는다
나는 그대로
눈이 된다
하지만 밤새도록
하늘에 떠 있는
그런 태양이
어디 있담?

편지

의자에 앉아 쓰고
마루에 엎드려 쓰고
굴뚝을 보며 쓰고
잠시 쉬었다 쓰고
시달리며 쓴다
너를 쓰고 너를 생각하고
어지럽게 돌아가는 하루며
추락하는 하루며 추락에서
타락으로 넘어가는 하루에 대해
쓴다 그러니까 타락에 대해 쓴다
편편한 길을 걸을 때마다
위태롭던 나의 다리며
책상 위에 먼지며 하루에도 몇 번씩
나갔다 들어오는 정신에 대해
쓴다 내가 너에게서 떨어진 일이며
부러진 다리며 혼미며 아내의
신경질이며 잠이 오지 않던
밤에 대해 쓴다 시방
황혼이 떨어지고 이마도 떨어진다
떨어지지 않는 건 치기
떨어지는 게 구원이다
오늘도 여름이 왔기에

마루에 엎드려 쓰는
이 편지의 신음
굴뚝을 보며 쓰는
이 편지의 신음
나의 유일한 친구!

오늘도

오늘도
어둡다
신비하다
모호하다
애매하다
애매하다
어둡고
신비하고
모호하고
쓸쓸하다
오늘도
쓸쓸하다
오늘도
어둡고
신비하다
모두가
신비하고
애매한
애매한
날이다
죄의 날
백치의 날

인생이 문학이
나라가 시가
별안간 어둡고
쓰리다 어둠 뒤에
숨어 있던 빛이
별안간 사라지고
별안간 큰 어둠이
별안간 큰 벼락이
애매한 거리를
와르르 덮는다
정신없이
텀벙 뛰어들면
나도 어둡다
나도 애매하다
빛이라는 낱말은
어디로 갔나?
빛은 말라 죽었나?
아아 내가
말라 죽었나?
빛은 그럼
말라 죽은 북어였나?

해 아래

해 아래
있는 건
짧은 흐느낌
해 아래
있는 건
돌의 꿈과
종이의 피
해 아래
있는 건
해를 삼킬 듯이
입을 벌리고
서 있는
사람들의 해골
해 아래
있는 건
모래의 피
기인 흐느낌
터진 심장
무거운 부채(負債)
해 아래
있는 것들이
나를 삼키면

비로소 밤이 온다
비로소 밤이
죄와 신비의 백지에
희망을 새긴다

미래 보류

미래를 보류한다
보류가 싫다면
미래를 유보한다
나는 밥을 먹고
미래를 유보한다
머리를 흔들며
미래를 유보한다
아아 고달프긴 한가지다
미래는 어렵다 해질 무렵
책상머리에 앉아
시를 쓰는 나도
잠시 보류한다
내가 쓰는 시는
내가 쓰는 게 아니다
피곤하긴 한가지다
나를 잠시 보류한다
다가오는 미래를 보류한다
보류한다는 것은 미리
당겨 쓴다는 게 아니다
오늘도 나는
그만큼 불안하다
힘들게 힘들게

미래를 연기한다
다가오는 희망을 연기하고
다가오는 미래를 연기한다
연기하고 지연하고 보류한다
무언가 변할지도 모른다는
이 한 조각 희망이
그만큼 불안하다

추천 우수작

정호승

눈 발 외

1950년 대구 출생
경희대 대학원 국문과 졸업
1973년《대한일보》신춘문예 시 당선으로 등단
1982년《조선일보》신춘문예 소설 당선
시집《슬픔이 기쁨에게》·《서울의 예수》·《새벽 편지》등

눈발

별들은 죽고 눈발은 흩날린다
날은 흐리고 우리들 인생은 음산하다
북풍은 어둠 속에서만 불어오고
새벽이 오기 전에 낙엽은 떨어진다
언제나 죽음 앞에서도 사랑하기 위하여
검은 낮 하얀 밤마다 먼 길을 가는 자여
다시 날은 흐리고 낙엽은 떨어지고
사람마다 가슴은 무덤이 되어
희망에는 혁명이
절망에는 눈물이 필요한 것인가
오늘도 이 땅에 엎드려 거리낌이 없기를
다시 날은 흐리고 약속도 없이
별들은 죽고 눈발은 흩날린다

부치지 않은 편지

그대 죽어 별이 되지 않아도 좋다
푸른 강이 없어도 물은 흐르고
밤 하늘은 없어도 별은 뜨나니
그대 죽어 별빛으로 빛나지 않아도 좋다
언 땅에 그대 묻고 돌아오던 날
산도 강도 뒤따라와 피울음 울었으나
그대 별의 넋이 되지 않아도 좋다
잎새에 이는 바람이 길을 멈추고
새벽 이슬에 새벽 하늘이 다 젖었다
우리들 인생도 찬비에 젖고
떠오르던 붉은 해도 다시 지나니
밤마다 인생을 미워하고 잠이 들었던
그대 굳이 인생을 사랑하지 않아도 좋다.

새벽 편지

너의 죽음이 새가 된다면
네 푸른 눈빛이 새가 된다면
별들도 뜨지 않는 저 하늘
저 차디찬 거리의 새가 된다면
시대의 새벽은 멀고
푸른 하늘이 하나씩 무너져 내릴 때
네 울음 소리로 가득 찬
이 세상 풀잎마다 새가 된다면
흐르던 강물도 얼고
강물 속에 떨어진 내 눈물도 얼고
이제는 모든 두려움마저 잃어
너의 분노가 새가 된다면
네 푸른 눈빛이 새가 된다면
저 침묵의 거리를 울리는
네 푸른 종소리가 새가 된다면

삶에게

나는 너를 사랑하는 목숨
희망의 포로

너는 우리 앞에 서 있는
새벽 빛

추운 바람 속에서 별들은 흐느끼고
꽃은 꺾여 찬 거리에 흩어졌으나

나는 너의
운명과의 약속을 지켜야 한다

사랑은 가고 가슴만 남아
노래는 가고 눈물만 남아

야윈 어깨 위에 눈을 털며
쓸쓸히 가는

너는 내가 사랑하는 목숨
희망의 포로

오직 기다림 때문에 내리는

새벽 눈

꽃으로 태어나서

내 꽃으로 태어나서
죽음의 꽃이 되었네

사랑과 노동 사이에서
노동과 자유 사이에서

두 번 다시 진달래는
붉게 피지 않아도

이 강산 천지의 봄날이 되어
꽃잎처럼 흩어져 간 너를 위하여

내 꽃으로 태어나서
목숨의 꽃이 되었네

길

나 돌아갈 수 없어라
너에게로

그리운 사람들의
별빛이 되어

아리랑을 부르는
저녁 별 되어

내 굳이 너를 마지막 본 날을
잊어버리자고

하얀 손수건을 흔들며
울어 보아도

하늘에는 비 내리고
별들도 길을 잃어

나 돌아갈 수 없어라
너에게로

사랑

내가 너를 사랑했을 때
너는 이미 숨겨 있었고

네가 나를 사랑했을 때
나는 이미 숨겨 있었다

너의 일생이 단 한 번
푸른 하늘을 바라보는 일이라면

나는 언제나
네 푸른 목숨의 하늘이 되고 싶었고

너의 삶이 촛불이라면
나는 너의 붉은 초가 되고 싶었다

너와 나의 짧은 사랑
짧은 노래 사이로

마침내 죽음이
삶의 모습으로 죽을 때

나는 이미 너의 죽음이 되어 있었고

너는 이미 나의 무덤이 되어 있었다

추천 우수작

조정권

독락당 외

1949년 서울 출생
1970년 《현대시학》을 통해 등단
제5회 녹원문학상 수상
시집 《비를 바라보는 일곱 가지 마음의 형태》·《시편》
《허심송》·《하늘 이불》·《바람과 파도》 등

독락당(獨樂堂)

독락당(獨樂堂) 대월루(對月樓)는
벼랑 꼭대기에 있지만
옛부터 그리로 오르는 길이 없다.
누굴까, 저 까마득한 벼랑 끝에 은거하며
내려오는 길을 부셔 버린 이.

학서루(鶴棲樓)

시(詩)는 나에게 신년 세배를
눈 쌓인 산길로 가자고 한다.
마당에 폭설이 사흘씩이나
쌓여 쓸지 않은 채 둔 것을 보고
그냥 뒤돌아 가지 말고
봉창 문을 조심스레 두드려 보라고 한다.
그분은 정말 부재중(不在中)일까.

갑사 (甲寺) 에서

낙방 (落房) 에 홀로 남아
먼 마을에서 참나무 장작 패는 소리를
낙 (樂) 으로 듣는 늦은 겨울날 오후

김달진(金達鎭) 옹(翁)

1

어느 노(老)스님의 만년(晚年)처럼
마른 향(香)
대청마루 같은 마음이
여기 있구나

2

장식물을 퇴치해 버린
빈방
곁을 내어 주는 방석 하나
강변 없는 강(江)

3

봉우리 위로 올려놓은
몇 권의 경서(經書)
(마음의 본성이 거니는 지역)
누가 힘들여 예까지 올라와
읽을라꼬

4

차운 공기 털어 내며
열매 달은 나무들이 몰려오고
산봉우리 너머 비구름을 무연히 바라보다
마음을 비켜 주다

5

진흙 땅에 내리는 가을비
멀리 불암산(佛岩山) 중턱이
안개에 뿌옇게 가리다
다섯 개 지팡이가 눈에 어른거려
커튼 뒤로 치우다

순백(純白)의 아침

잎 다 지니
겨울 산이 만개(滿開)하네
동쪽 창을 여니
소나무와 잡목들이
흰 솜 속에 꽂아 놓듯 묻히었네
순백(純白)의 아침
묵(墨)을 갈며
내려도 닿지 않는 바닥이라도 짚어 볼 뿐

잔설(殘雪)의 시(詩)

장국밥집 문 기둥은
사람들의 손때로 나이를 먹고
절디절은 뚝배기들은
주모(酒母)의 손 맛으로 간이 배었는데
지난해에 쓰다 만 시구(詩句)들을
노트에서 뒤적거리다 보니
송솔나무 위 묵은 잔설이
이마를 친다

산정 묘지(山頂墓地) 2

내 유년의 두개골은 이미 하자 보수 기간이 지났다.
나는 말을 하러 왔지만 종이에다 침묵만 지르고 말았다.
산정(山頂)이여,
내가 신록(新綠)의 눈으로 찾아냈던 너의 첫 글자여.
거기서 나는 다시 태어나고 움트면서
너의 언어에 깃들고자 하였다.
씨앗들이 부풀은 흙을 발바닥에 익히면서
너의 언어와 생리를
낯선 이국어처럼 흡수하고자 하였다.
허나 그것들이 무슨 소용에 닿았단 말인가
그것들은 이미 내 귀를 스쳐 지나가고 말았다.
하나의 씨앗이 품고 있는 조그마한 기쁨과
거기 예비되어 있던 주검.
내가 영혼의 귀로 듣던
나무 뿌리들의 은밀한 대화,
그것들도 이제 바람소리처럼 내 귀를 스쳐 지나가고 말
았다.
　말해 보라, 내가 출발해서 도착한 지점을.
　해와 달과 그릇, 그리고 지상의 열매와 같이
　태초부터 원형을 지향해 온 것들,
　씨앗으로 출발한 한 알의 곡식조차
　태초의 원형을 지향하지 않았는가.

태초의 원형으로 회귀하지 않았는가.

말해 보라, 내가 도착해서 다시 출발해야 하는 저점을.

폭포를 거슬러 타고 오르며

상류의 출생지를 찾아가 필사적으로 알을 낳고 죽는 지친 연어처럼

결국은 나로부터 출발하여

나로 다시 회귀하는 필생의 여정.

그렇다, 모든 도착점은 최초의 출발점.

어디가 빛으로 만개(滿開)하는 태허 공간(太虛空間)인가.

저 아래 굽어보이는 대지(大地)여, 늙어 버린 피부여.

삭발해 버린 땅

삭발해 버린 바위산의 공적(空寂), 그 속에다 너의 언어를 사산(死産)하라.

내가 가진

이 만성 기력 상실의 수문장의 팔뚝과

의지 박약의 창(槍)을 버리게 하라.

명령하라.

칠십 먹은 주름살의 언어를 나의 언어에서 버리게 하라.

나와 나의 언어들은

자석처럼 몸을 붙이고 잔다.

허나 지금은 쇳덩어리 같은 사방의 어둠.

밀려오는 쇳덩어리와 같은 어둠.

압살(壓殺)되는 쇳덩어리와 쇳덩어리의 침묵.

한밤내 무력한 펜의 내출혈.

누가 이 한밤중에 쇳덩어리 속에 피와 신경을 통해 놓을 것인가.

누가 이 한밤중에 쇳속에 깃든 천근 침묵을 깨우며 감전(感電)하겠는가.

누가 이 한밤중에 땅 속 깊은 광석(鑛石)의 혈관을 터뜨려

우리들의 언어 속에다 낭자히 수혈해 놓겠는가.

추천 우수작

최하림

시 외

1939년 목포 출생
1964년《조선일보》신춘문예 당선으로 등단
시집《우리들을 위하여》·《작은 마을에서》
《겨울 깊은 물소리》등

시

   띄엄띄엄 골목에는 병사들이 늘어서고 어둠이 소리없이 밤으로 기어들어 갔다. 그 밤에는 꼭 어둠이 아니라 해도 예컨대 나무라든가 바람이라든가 새들이라든가 이 세상의 의미를 부여하는 빛과 소리와 그림자까지도 사라지지 않으면 안 되었다. 밤은 어둠의 천지이지 않으면 안 되었다. 나는 아무것도 없는 밤의 모서리에 서 있었다. 언덕으로부터 가을이 우수수 떨어져 왔다. 가을은 검푸른 망토를 쓴 신이거나 유성과 같이 그렇게 정수리를 울리며 떨어져 왔다.

   골목, 밤손님 하나가 다 쓰러져 가는 나의 목덜미를 움켜잡고 그들의 소굴로 데리고 갔다. 나는 그들의 침상에 누워서 그들이 저녁마다 문을 밀고 나가는 소리와 문을 밀고 들어오는 소리를 듣고 있었다. 그들은 해거름에 올 때도 있었고 새벽녘에 올 때도 있었다. 그들은 소리에 대한 병적인 기호를 가지고 있는 것 같았다. 그들은 놀래키는 것을 좋아하지 않았다. 그들은 살짜기 웃고 손짓하고 방안을 되는 대로 어지럽히면서, 세상을 깨끗이 할 게 뭐람 어차피 말세가 오면 청소를 하게 될 텐데, 하는 식으로 사방에 물건들을 늘어놓고 있었으며, 그 늘어놓음은 일종의 종교적인 의식인 듯했다. 어떤 날, 비가 억수로 쏟아지던 날은 모두 창 밖으로 나와 물끄러미 비를 그렇

게도 천진한 눈으로 보고 있었는데, 그들 가운데는 여자
도 있었고 늙은이도 있었고 종달새도 있었고 뱀도 있었
다. 어떤 사람이 문둥이도 있다고 말했다. 그 소리를 듣
자마자 나는 소스라치게 놀라 일어서서 비 속으로 뛰어나
갔다. 나는 들판으로 나갔다. 그와 함께 목을 축이던 샘
가로 갔다. 그 곳에는 문둥이는 없었고, 그 곳으로 가는
길도 없었고 무의미한 들판만이 고즈넉이 뻗어서 싸리나
무 숲을 흔들고 있을 뿐이었다.

우리가 만났던 시간들이

 우리가 만났던 시간들이 비렁뱅이 모습으로 사라져 간 입구에 앞서 간 슬픔 하나가 들을 질러간다. 눈송이들이 후두둑 후두둑 가지에서 떨어진다

 새 한 마리, 잿빛으로 날아가 넋을 달래는 무량군 무량 면 무량리

 겨울 어둠이 내리면 나무도 짐승도 말이 없고 울타리만 이 공중 높이 떠올라 울어댄다.

 아무리 불러도 대답 없는 신이여 그 나라에서는 아직도 눈이 내리는가. 그 나라에서는 눈을 맞으며 눈 속을 사람 들이 걸어가는가

 1천 미터, 2천 미터, 3천 미터, 수리산 상상봉까지 올라 가면 소리 없이 외치는 겨울 나무들의 세찬 울음 소리

 멀리 멀리 반향하면서 우리들의 정수리를 내리치는 정 신의 이 외로운 일격!

그대는 눈이 밝아

그대는 눈이 밝아 마른 숲으로
기어가는 실뱀을 실뱀이라 하고
억새풀을 억새풀이라 하고
그대는 눈이 밝아 공기의 입자들이
햇빛에 흔들리며 소리 하는 것을 소리 한다고
말하지 가령 그 소리가 지쳐 지나가는
말 떼에 놀라 깨어질지라도 깨어진 소리가
시간 속으로 지나는 것 보며 소리가 지나간다고
말하지 감히 그렇게 말하는 거지
그대는 눈이 밝아 눈이 밝아서
무지막지하게 발자욱이 벌판을 짓이기고
라이보리가 목이 꺽이어 웅덩이에서 부패할지라도
그대는 눈이 밝아 눈이 밝아서
라이보리가 부패한다고 말하고
라이보리는 썩어서 모습 없는 모습으로
우리의 가시 영역 밖으로 사라져 가고
우리의 가시 영역으로 돌아와
마른 풀숲에서 서걱거리고
헤아릴 수 없이 쓸쓸한 마음이
그 소리를 들으면서 일어설 때
일어서며 흔들릴 때
그대는 눈이 밝아 눈이 밝아서

마른 풀숲이 흔들린다고 말하지
감히 그렇게 말하는 거지

가을 인상

　어쩌면 저렇게도 누추할까 싶은 종로 3가 다정이라는
화식집에 들러 시인 김종해와 냄비국수를 먹고 차를 마시
고 나프킨으로 입술을 훔친 다음 천천히 천천히 거리로
나왔다. 등뒤에서 알맞게 뚱뚱한 마담이 안녕히 가세요
하였고 거리 벽과 간판과 공기와 유리창들도 찬란한 이마
를 들고 인사하였다. 나의 마음도 인사하였다. 눈여겨봐
보라, 그 마음의 인사를, 그 말 속에 쓸쓸히 지나가고 있
는 시간을. 그것들은 지금 제법 그럴듯하게 폼을 잡으며
수작 부리고 있는 정객들처럼 거짓말을 하고 있는 것이
아니다. 그것들은 헌특이니 직선제니 하고 말하고 있는
것이 아니다. 그것들은 수수 만년의 섭리로 안녕 안녕 손
흔들며 사라져 가고 있는 것이다. 코스모스 같은 시간들
이 우리와 함께 가고 있는 것이다.

베드로 1

아무것도 모른다고 내가 나에게 말하고 있는 사이 영원
의 돌이 내 가슴속으로 내 것이 되어 들어왔다

아직도 상하지 않는 눈물
방울이 볼을 타고 흐르는 동안

새들이 창 밖에서 소리쳐 날고
새들이 끝없이 날아갔다
종소리가 울려 왔다

창이란 창에는 배반의
그림밖에는 아무것도 없었다

햇빛이 무진장 내려

햇빛이 무진장 내려
마당에서도 지붕에서도 한길서도
푹푹 발이 빠져 들어가네
이런 날 산행은 힘들지
사람이 빛을 주체하지 못하면 힘들지
아무리 그리스도라 해도 빛에 허우적였다면 엘리엘리라
마사박다니라고 그렇게 슬프게 울부짖지는 못했을 것이
고, 빛 속에 빠져서 그런 소리를 했다면 로마 병정들이
얼마나 큰소리로 웃어댔을 것인가. 허나 웃음도 울음도
가지지 못한 나는 빛 속을 허우적이며 산으로 가네
썩어 가는 낙엽과 허물어져 가는 무덤새
억새가 희고 부드럽게 날리고
마음 편안히 나는 빛에 싸여서 산으로 가네
뼈와 뼈가 닿고
골수와 골수가 이어져
눈부신 햇빛 속
처음의 빛과 처음의 어두움으로
이렇듯 고요하게
이렇듯 비극적으로……

봄

　내가 근무하는 이층 집 창 밖으로는 방통대의 뒷마당이 한눈에 보인다. 저녁이 되면 어느 저녁이나 마찬가지로 그 뒷마당에는 어스름이 부드럽게 내리고 탐욕스러운 춤꾼들의 북 소리가 쿵덕쿵쿵덕쿵 처음에는 천천히, 그러다가 점점 다급하게 경사를 올라가다가는 마침내 낙산 기슭을 온통 물어뜯을 듯이 울려 퍼진다. 처음 나는 무슨 지랄들이람 하고 투덜댔으나 시간이 흘러감에 따라 어느새 쿵덕쿵 소리에 맞추어서 나는 얼쑤 얼쑤 어깨를 흔들기 시작하였고, 그 흔들림은 물결을 따라서 거슬러 가다가 다시 흘러내려 가기도 하는 것이었다. 웬일일까, 왜 내가 물까지 생각하게 되었을까 되새겨 보았으나 알 수 없었다. 그러던 어느 날, 하련이 잘 피어서 베란다가 볼 만하던 날 나는 소주병을 탁자 위에 놓고, 오징어발도 놓고, 다리를 길게 뻗고, 고개를 비스듬히 젖히고, 이 세상에서 제일 행복한 사람이 되어 홀짝홀짝 술을 마시며 쿵덕쿵 소리를 기다렸는데, 소리는 무엇 하면 무엇 한다는 식으로 그날따라 울리지 않았다. 어둠이 마당에 차고 창을 넘어 와도 쿵덕쿵 소리는 울리지 않고, 술 때문인지 마음 때문인지 온몸이 축 늘어져 잠 속으로 잠 속으로 나는 서서히 떨어져 갔다. 잠 속에서 나는 편안하였다.

제2회

소월시문학상 수상작품집

수상 소감

수상 연설문

곰처럼 황토흙을 뭉개고

송 수 권

  소월(素月)이라는 큰 산맥의 이름자를 빌어 상을 받는다
니 주제넘고 쥐구멍이라도 찾고 싶은 심정이다. 참으로
부끄럽고 죄스럽고 멋모르고 썼던 나의 시들이 검불같이
만 느껴져 몸둘 바를 모르겠다.

  일제 식민지 치하 설움의 땅을 딛고 마음껏 한(恨)의 정
서를 뒤흔들고 간 김소월, 그와 같은 시인이 이 땅에 오
려면 다시 100년이나 200년쯤, 아니 영원히 못 올지도 모
른다는 추모의 정을 갖고 사는 터에, 나는 내 시가 얼마
나 사이비고 천분의 재질이 없는가를 절망한다.

  어차피 잘 써보라는 채찍인 줄 알지만 그렇더라도 뱁새
가 어찌 황새걸음을 걸을 수 있을 것인가. 이 순간만은
차라리 ‘소월’이란 이름자를 떼어 버리고 싶다. 첫 등단
소감을 쓸 때는 “곰처럼 황토흙을 뭉개고 가는 데까지 가
보자”라고 했는데 이 소감에서는 붓을 들기가 이리 부끄

럽다.

　평소 내 시 쓰는 일에 많은 격려를 주시고 채찍을 주셨던 스승님들과 이웃들, 그리고 심사 위원 일동에게 감사를 드리면서 새로운 의욕으로 도전하고 싶다.

　끝으로, 서울 안 간 지가 5년째인데 들르지 않는다고 그 동안 서운해 했던 벗들의 오해도 함께 풀고 싶다.

민족과 지역

송 수 권

오늘 〈문학사상사〉가 제정한 〈제2회 소월시문학상〉이 하찮은 지역에 숨어 살고 있는 촌부(村夫)에 불과한 이 사람에게 주어져 참으로 부끄럽고 죄스럽게 생각합니다.

어느 분이 한 시인을 추천하는 글에서 북에는 소월, 남에는 목월이 날 만하다고 했던 그 어투를 빌지 않더라도 소월은 현대문학사에서 가장 위대한 산맥으로 솟아 있음을 봅니다. 100년에 한 사람, 아니 1,000년에 한 사람 날까말까 한 이 엄청난 이름자를 빌어 살을 받게 된 소이는 백 번 부끄럽고 이 시대의 속죄양이 된 그 위증죄 또한 천만 번 처형을 당해야 하는 이 부끄러움 가납하여 주시기 바랍니다.

그러나 어차피 상이란 도전이고 모험이고 채찍의 뜻이 포함된 것이라면, 이 상을 거부할 용기도 저에겐 없습니다. 기왕에 터놓은 부끄러운 고백이라면 소월이 추구했던 언어의 정직성과 중앙을 탈출하고 고향의 진두강 가람 가에 살았던 것처럼 저 또한 초연한 자세로 한 지역에 머물면서 새로운 각성으로 만분의 흉내라도 내보아야겠다는 결심을 합니다.

그리고 오늘이 있기까지 저를 이끌어 주신 〈문학사상사〉에 감사드리며, 가장 어려웠던 참담한 시기에 우연히 편집실의 데스크를 지나치다 휴지통에 쌓인 원고들 속에서, 백지에 아무렇게나 써 갈긴 저의 시 원고 〈산문(山門)에 기대어〉 외 몇 편을 거두어 1년 간이나 수소문 끝에 발굴해 주신 한 스승님 앞에 감사를 드립니다.

또한 시의 바른길을 가도록 채찍을 주신 은사님·선후배·심사 위원 일동 그리고 정다운 벗들과, 어려운 시대에 문학지를 경영하며 발표 지면을 터주신 편집인 여러분들께 이 자리를 빌어 진심으로 감사의 뜻을 표합니다.

■ 자유와 다양성의 신인간 시대 선언

90년대를 지향하는 이 시점에서 우리들의 문학·문화·사회의 비전이 무엇이냐고 묻는다면 그것의 가장 기초적이고 본질적인 답변은 두말할 것도 없이 다양성과 자유의 개념일 것입니다. 이 자유와 다양성이라는 개념 속에는 어느 한 쪽의 문화가 그 사회 전반을 주도하는 중앙 집권적 문화의 거부를 의미하고 있음은 물론, 삶의 개체적 의지, 문화 기류 형성의 개체적 의지로서 어떠한 틀에도 종속되지 않는 자유로운 상상력을 말합니다.

즉 삶의 정신을 전제된 집단 논리의 틀 속에 한정시켜 해석하는 운동성을 허락하지도 않습니다. 지방 자치 시대의 개막과 함께 이런 맥락 속에서, 서울도 하나의 한강 문화권 지역에서 수평 문화 운동선상으로 파악되는 현상은 지극히 당연한 것이라 생각해 볼 수도 있을 것입니다.

이와 같은 원리 위에서 우리는 '지역 문화 운동의 수평적 평준화 운동'을 전개해 나갈 것이며 자율적 문화 공간 위에서 개성과 개성 곧 너와 나, 이웃과 이웃, 지역과 지역의 만남이 되고자 하며, 여기에 따뜻한 인간 신뢰와 믿음을 회복하는 공동체적 삶의 생명력을 충전해 가고자 합니다. 이는 인간성이 빠져 있고 목소리만 요란한, 지난 세대의 전체주의 문학 운동들과는 그 성격이 다르고 궤를 달리합니다. 그래서 우리는 무엇보다도 먼저 문학 쪽에서부터 각 지역간의 문화 라인을 형성하고 공통 분모를 찾아보자는 것입니다.

따라서 각 지역간의 특수한 삶의 양식을 문학으로 형상화하고 지역적 차원의 심정적 만남을 통하여, 건강한 인간성을 회복하며 각 지역마다의 개성과 주체성을 존중함으로써, 문화적 봉건성이나 종속성을 탈피하여 지역적 연대감을 보다 큰 고리(環村)로 형성, 민족 공동체(통일)에 이르는 방법을 탐색해 가고자 하는 것입니다.

그리고 이를 실천해 나가기 위하여 가장 기초적인 커뮤니티(지역 사회)의 소박한 원리 위에 서고자 하며 새로운 삶의 대화를 시작하고자 합니다. 또한 각 지역과 지역 간의 문화적 열등감과 격차를 줄이고, 양보다는 질적 문화의 우수성과 특수성을 추스리며, 한 지역 또는 그 지역 안의 삶을 누려 받는 개인이나 단체의 특수성과 보편성을 통하여 문화의 개별성과 다양성을 통합, 90년대에는 이 땅에 문화 민주주의가 꽃피어야 할 것입니다. 그래서 이 문화 민주주의 운동을 '수평 문화 운동'이라고 규정하며, 우선 한 도시와 도시가 만나는 작업부터 추진해 나가는 것입니다.

이는 기존의 문학 단체나 영역에 대한 무조건적 부정 내지는 반동적으로 새로운 그룹을 형성하는 파생적 성격이 아니라, 순수한 문화적 개별성 위에 존재하는 유대적 관계의 채널로 존재하는 수평적 자리며 심정적 만남의 자리입니다. 즉 개인과 개인, 이웃과 이웃의 자리고자 하는 것입니다.

저는 이 지역 논리를 요약하는 글에 다음과 같은 발제시를 붙여 두고자 합니다.

겨울 산

이 겨울에 우리는 기도할 것이 너무나 많음을 안다
추악함과 아름다움의 개념에 대하여 원천 부정과 원천 봉쇄에 대하여
그 근성이 타성으로 굳어져 있음에 대하여
반성할 것이 너무나 많음을 안다

이 땅의 교조적인 삶에 대하여……

선암사에서 송광사로 넘어가는 조계산의 몇 번째의 등
서리에

이렇게 자작나무 숲과 삼나무 숲들은 펼쳐져 있다.

우리는 그 울창한 숲의 경계선을 걸어 나가면서 이야기
한다.

선거가 끝난 후의 지역 감정에 대하여 나는 정관 수술
을 할지도

모른다는 생각을 한다.

이따금 삼나무 숲 우듬지에서 힘겨운 눈 뭉치가 떨어지
는 소리를 들으면서

나는 자궁 봉쇄를 해야 할지도 모른다는 생각을 한다

설해목이 넘어지는 것을 보면서 빨간 목 댕기를 두른
산꿩이 숲 위를

치솟는 것이 보인다.

그 원시림의 굉음에 짓눌려 헐벗는 자작나무 숲들이 흔
들리고

허리통이 굵은 삼나무들도 푸들거리는 것이 보인다

저것들이 이 세상 가장 신성 불가침의 집이 되고 안락
의자가 되고……

그러고 보니 나는 경계선 바깥의 이쪽 자작나무 숲에
대하여는

아직 이야기하지 않은 셈이다.

이 세상 어디에서도 보이지 않던 그 낯선 정직성에 대
하여는

아직 이야기하지 않은 셈이다.

빼마른 자작나무 숲들의 끌텅이와 옹이 진 삶에 대하여

결국 낱낱의 하나이면서 전체가 이루어 내는 그 비정한 삶에 대해서

이야기한 셈이다.

자작나무 숲과 삼나무 숲의 경계선을 걸어 나가면서.

■ 나의 시(詩)적 삶

앞에서 낭독한 발제 시나 신인간 시대 선언문에 나타난 바와 같이, 저는 저의 시를 지역 문화 논리 위에 시적 공간을 세워 두려 합니다. 그것은 땅땅 귀쌈을 패버리듯 치는 예배당 종소리가 아니라 아름다운 우리 산의 능선을 타고 가는 범종 소리며, 아파트 단지 굴뚝에서 피어 오르는 수직 연기가 아니라 대숲 마을의 낮게 낮게 흐르는 저녁 연기들이며, 그 환촌(環村)에 뜨는 달이며 보리밭들입니다. 울어도 깊이 걸러서 수천 수만 봉우리를 울리고 가는 지리산 속의 한 마리 뻐꾹새와 같은 습성을 지닌 그 뻐꾹새고자 합니다.

그래서 저는 일찍이 저를 발굴하고 햇빛을 준 은사님께서 충고해 준 교훈을 이 자리에서 다시금 새겨 두고자 하는 것입니다.

"지리산 뻐꾹새는 산속에서 울어야 매력이지 시장바닥에 드러내 놓고 울면 하나도 매력이 없는 게야."

그 어느 날엔가 광주에 입성하여 무슨 중뿔난 애국 투

사처럼 뻐기며 상경해서 인사를 했더니 그분의 첫마디는 바로 이러했습니다. 저는 지금도 이 구절을 깊이 새기며 비시(非詩) 속에 시가 있는 게 아니라 시 속에 시가 있음을 깨닫습니다. 시는 결국 운문 구조의 본질이며 어쩔 수 없이 시로 돌아와야 하는 초월자적인 노래이어야 한다는 그 신념에 살고자 하며, 또한 깨끗한 지역 공간에서 살기를 원합니다.

이 시대가 가고 다음 시대에 살아 남는 시가 무엇이냐고 전제할 때 저는 지성의 말놀음이나 의식의 비뚤림보다 이들의 깨끗한 서정시를 서슴없이 내세웁니다. 결코 일방통행적인 저널리즘에 물드는 일도 없이, 이들이 있기 때문에 저 또한 지역의 삶을 절망하지 않습니다. 서울에 의식적으로 오지 않았던 것도 이 때문입니다.

서울의 로컬리즘은 사실상 조선조 말기 때부터 이미 한강은 오염되었고, 6·25를 치르고 60년대 산업 기지화가 되면서부터 싹이 아주 뭉그러졌습니다. 그래서 서울은 로컬리즘이 없는 곳―서울은 결국 이 따뜻한 로컬리즘이 오지 않을 것이라는 생각을 지니며, 또한 이 도시의 공간에서 자란 인간은 지성 놀음은 할 수 있어도 서정 놀음은 할 수 없을 거라는 생각을 가지고 있습니다. 그러므로 저는 오늘 다시 남도의 대숲바람이 창창한 그 지역을 향하여 밤늦은 귀성 열차를 탈 것입니다.

소월의 고향에만 접동새가 우는 것이 아니라 제 고향 가람 가에도 "접동/접동/아우제비 접동" 그 접동새가 우는 슬픈 밤이 있고, 제운 밤 촛불이 말없이 찌르르 녹아

버리는 그믐 달밤 같은 어두운 고향이 있기 때문입니다. 이 어두운 고향이야말로 우리 시대의 흐트러진 정신을 회복할 수 있는 진정한 빛이라고 생각됩니다.

이 고향의 삶을 빼놓고 저는 시에서 무엇을 달리 말할 수 있을 것 같지가 않습니다. 이 고향에서 만들어 낸 토산품인 짚방석 하나가 풍선껌의 은박지로 포장된 상품보다 훨씬 값지고 감칠맛 나는 것 같습니다.

저는 머리의 회전으로 쓰는 충격 요법의 철학 개론서 같은 시보다, 어쩔 수 없이 생체험적으로 터져 나오는 시를 쓰고 싶습니다. 여기에 참다운 민족의 울음이 있고 황토의 빛깔이 있다고 봅니다. 이 울음과 빛깔의 원형을 저는 저 제정 일치 시대의 솟대가 서 있는 마을에서 발견하곤 합니다.

이 마을 정신이 곧 민족 문화의 핵으로 투입되었을 때 우리의 언어가 진정 무엇인가를 깨닫게 될 것이라 믿습니다. 저는 이 언어의 현시자로서, 이 시대의 파수꾼이 되고 싶습니다. 제가 한 지역, 한 고향을 지키고 사는 시인으로서 수평 분화 시대를 대망하며 드리는 말씀입니다.

1988년 3월

*
제2회 소월시문학상 수상작품집
*
초판 1쇄 — 1988년   5월 10일
초판 5쇄 — 1994년   3월 15일
 2판 1쇄 — 1996년   4월   5일
*
지은이 — 송 수 권 외
펴낸이 — 박 공 근
펴낸곳 — 주식회사 문학사상사
서울특별시 종로구 적선동 80 적선현대빌딩 8층
*
편집부 — 736 - 9468 · 736 - 9469
영업부 — 736 - 9467 · 732 - 1321
*
우편대체 계좌번호 : 010017 - 31 - 1088871
지로구좌 : 3006111
팩시밀리 : (02) 738 - 2997
등록 : 1973년 3월 21일 제 1-137호
*
*
ISBN : 89 - 7012 - 187 - 0   03810

문학사상 시선집
우리 시대의 詩

김승희 詩集
왼손을 위한
협주곡

아픔과 신령, 그리고 고통의 신바람이란 특유의 세계를 조화시켜 이루어 낸 미학과 시학이 공수〔神話〕처럼 계시하는 인식의 세계가 이 한 권의 시집이다.
● 국변형판/값 3,000원

노향림 詩集
눈이 오지
않는 나라

감성을 절제한 개성을 통한 부재 의식과 사물들의 존재를 표현하고 있다. 살아 있다는 증거가 하나도 없는 삶 속에서도, 눈이 오지 않는 나라에 살고 있는 시인의 투명한 목소리를 들을 수 있다.
● 국변형판/값 1,800원

오세영 詩集
가장 어두운
날 저녁에

詩는, 별이 있고 꽃이 있듯이 그저 있는 것이지만, 고단한 시대의 시인들은 꽃밭에 밀알을 뿌릴 수도 있고, 별빛으로 독서를 할 수도 있다고 말하는 시인이 갈등의 심연에서 피워 낸 화해의 꽃다발.
● 국변형판/값 2,000원

홍윤숙 詩集
태양의
건너 마을

허망한 삶에 의미를 부여하고자, 명징한 언어로 현실 세계가 가지고 있는 온갖 결핍에 대해 깊이 고뇌하여 승화시키는 시인의 삶의 지향이 잘 드러나 있는 시편.
● 국변형판/값 2,000원

원희석 詩集
물이 옷벗는
소리

물 혹은 물방울이라는 아주 함축된 상징 체계 속에서 고도의 뛰어난 상상력으로 따뜻한 집, 그리고 화해로운 삶의 질서를 꿈꾸는 서정적 힘이 있는 시편들.
● 국변형판/값 2,000원

박정만 詩集
서러운 땅

스스로 창조한 정형시로 새 전통을 창조하는 흙의 소리꾼인 시인은 60여 편의 시편들을 통해 아픈 육신과 정신을 어떤 보이지 않는 손으로 인도하고 있다.
● 국변형판/값 2,000원

강은교 詩集
바람 노래

삶과 세계 속에 감추어져 있는 허무의 진실을 끊임없이 탐구해 온 시인이, 시는 생의 한가운데에 서서 허무와 절망들을 감싸 안고 그것을 깊이 있게 뛰어넘어야 한다고 외친다.
● 국변형판/값 2,000원

문충성 詩集
낙법으로 보는 세상

이 저주받은 땅에 저주받은 목숨을 끌고 다니다가 마침내 흙 속에 뼈를 묻게 될 날이 올 때까지 열심히 시를 쓸 수밖에 없는 칼 같은 시인의 시심을 엿본다.

● 국변형판 / 값 2,000원

김승희 詩集
달걀 속의 生

닫혀 있는 거대한 전천후 냉장고 속에서 자신들이 죽어 가고 있다는 사실조차 의식하지 못한 채 살고 있는 현대인들에게 이 시집은 일상의 편린들을 삶의 진리로 승화시키는 방법을 제시하고 있다.

● 국변형판 / 값 3,800원

정한모 詩集
原點에 서서

세월이 흐를수록 생명감에 대한 저해 요인이 늘어나기만 하는 현재의 생활에서 비자연화, 비인간화의 추세가 가속화할수록 생명에 대한 사랑과 원초적인 것에 대한 그리움과 갈망이 담긴 시편.

● 국변형판 / 값 2,500원

이사라 詩集
히브리인의 마을 앞에서

시인은 엽서와 통화, 그리고 편지 전보 등의 언어를 통해서 타인과의 교신, 잃어버린 자아의 이름을 찾기 위한 치열한 몸부림을 시라는 언어로 보여 주고 있다.

● 국변형판 / 값 2,000원

이성선 詩集
새벽 꽃 향기

자연으로 일컬어지는 우주적 질서에 대한 외경에서 출발하는 시인은 우주 속에서 시인이 자리한 일상의 세계를 만나게 하는, 자리의 설정을 보여 주고 있다.

● 국변형판 / 값 2,000원

정한숙 詩集
잠든 숲속을 걸으면

우리의 인생 체험에는 어떤 고답적인 구도나 사유 따위는 불필요한 것이며 다만 실제 살아온 이야기, 현실과 생활과 자신의 행동이 일치되어 나온 체험적 진실만이 필요한 것이라고 주장한다.

● 국변형판 / 값 2,000원

유안진 詩集
月令歌 쑥대머리

우리의 의식을 무겁게 짓누르고 흔들어대는 정보 산업 사회를 사는 현대인의 고뇌를 함께 앓고 함께 씻어 냄으로써 영혼의 정화를 돕고 있는 시편.

● 국변형판 / 값 2,000원